ハヤカワ文庫 SF
〈SF2337〉

宇宙英雄ローダン・シリーズ〈648〉

新生ソト任命

クルト・マール&ペーター・グリーゼ
星谷 馨訳

早川書房
8707

PERRY RHODAN

DER NEUE SOTHO

INTRIGEN ZWISCHEN DEN STERNEN

by

Kurt Mahr

Peter Griese

Translated by

Kaori Hoshiya

First published 2021 in Japan by

HAYAKAWA PUBLISHING, INC.

This book is published in Japan by

arrangement with

PABEL-MOEWIG VERLAG KG

through JAPAN UNI AGENCY, INC., TOKYO.

目次

新生ソト任命

新生ソト任命

クルト・マール

登場人物

ロワ・ダントン……………………《ラヴリー・ボシック》指揮官
ロナルド・テケナー（ロン）……《ラサト》指揮官
スリマヴォ（スリ）………………ヴィシュナの具象
ヴィンクタル………………………パイリア人
イジャルコル………………………永遠の戦士
ティグ・イアン……………………新ソト

1　スリマヴォ

最悪なのは、この孤立感だった。もちろん、ひとりでいるのには慣れている。ずっと一匹狼と呼ばれてきたわたしは、自分以外のだれも必要としていない。だけど孤立状態にも、これ以上は無理という限界はあるものだ。

永遠の戦士イジャルコルは、わたしをどうするつもりなのだろう。《コクーン》は数日前から戦士の宇宙船にドッキングされている。いったいどこに向かっているのか、想像もつかない。けれど、なにか決定的な大事件が目前に迫っている気がする。

わたしはいま、冷凍タンクのなかだ。からだが超低温状態におかれ、自分の意志で動くことはまったくできないけど、意識はあるし、まわりでなにが起きているかもわかる。タンクの壁にメンタル・プロセッサーつきのコミュニケーション装置があるので、はっきりと思考すれば、それを言語に変換することもできる……そうしたいなら。

とはいえ、わたしが話しかける相手はここにはいないし、話しかけてくる者もいない。ときどき、イジャルコルの手下のだれかがこちらのようすを見にくる。そのたびにわたしは自分の孤独を訴えた。そしてついに、訴えに耳を貸してくれる存在がやってきたと思った。いま、ちょうど《コクーン》制御室の開いたハッチから入ってきた生物。はじめて見る顔だけど、種族名は知っている。パイリア人だ。戦士イジャルコルの輜重隊にも多くのパイリア人がいるから。

この生物はこれまでにやってきた見張りとはずいぶんちがうと、ひと目でわかった。不安でおちつかないようすがはっきり見てとれる。ここを不気味な場所だと感じているにちがいない。繭のかたちの宇宙船に殺風景な制御室、ずんぐりした円錐形の冷凍タンク。さらに、そのなかで超低温状態にされた異人の肉体を前にしているのだから。

わたしは思考でメンタル・プロセッサーを作動させた。

「ハロー、パイリア人」わたしの声に精いっぱい似せてある人工音声が響く。「恐がらなくていいのよ。だれも悪さしないから」

相手は仰天して周囲を見まわした。パイリア人は節足動物、つまり昆虫生命体だ。わたしの知っている世界の生き物にたとえるなら、まず最初にテラのバッタが浮かぶ。ただ、パイリア人が直立歩行に使う後肢はそれほど長くないから、地球のバッタみたいに勢いよく跳びはねることはできないだろうけど。

　パイリア人はどこから声が聞こえるのかわからず、恐怖に駆られて黒い複眼を見開いた。いまにも逃げだしそうな感じだ。そんなことになってはまずいと思い、わたしはこうつづけた。

「ここよ。タンクのなかにいる。ここにいても周囲のことを見たり聞いたり、話しかけたりできるの。だれかにそういわれなかった？」

　わたしは戦士の言語、ソタルク語を使った。できればパイリア語で話しかけたかったのだけど。絶対にそのほうが、相手は安心するはずだから。でも、この昆虫生物の言語はまだ習得していない。

「いや……いや」パイリア人は口ごもった。「なにも……いわれなかった。ただ……きみの面倒をみろと指示されただけで」

「そうこなくちゃ」と、わたし。「ずっとひとりぼっちでつまらなかったのよ。あなた、名前は？」

「ヴィンクタル」昆虫生物は相いかわらず不安げに、「ヴィンクタルだ」

「ヴィンクタルね。わたしはスリマヴォよ。呼んでみて？」

「スリ……マ……ヴォ」パイリア人はゆっくりと慎重に発音する。

「上出来だわ。あなた、なにを指示されてここにきたの？」

「きみの面倒をみる以外はなにも。どう面倒をみればいいのかも、わからないんだが」

「心配しないで」わたしはヴィンクタルをなぐさめるようにいった。「きっとうまくやれるから。ところで、わたしたち、いまどこにいるの？」

ヴィンクタルの目つきからすると、こちらの質問を理解できなかったようだ。

「どういう意味だ？　われわれがいまいるのは、このキャビンじゃないか」

おやおや！　イジャルコルがよこしたのは、あまり頭の切れる者じゃないみたい。なぜだか、わかる気がする。ひとつは……理由は知らないけど……わたしの機嫌を損ねたくないから。そしてもうひとつは、不安だから。イジャルコルはいまだにわたしをコスモクラートみたいなものだと思いこんでいる。知的レベルの高い部下を送りこんだら、わたしがあれこれ情報を引きだしてしまうかもしれないと恐れたのだろう。とはいえ、これは諸刃(もろは)の剣ともいえる。ヴィンクタルは鈍いけれど、だからこそ、利口な者なら手出ししないようなことでも、説得すればやるかもしれない。わたしはほぼ確信した。イジャルコルは用心しすぎて失敗することになる、と。

「わたしがいったのはこういう意味よ」と、ヴィンクタルの質問に答えて、「いま、わたしたちがいるのは宇宙船のなか。つまり、船はどこかに向かっているか、どこかに静止しているってことね」

かれの複眼がきらりと輝いた。あとでわかったのだが、これは安堵の思いをしめすもの。人間が笑みを浮かべるのと同じだ。

「ああ、それならわかる。いまボルダルに向かっているところだ。じきに着くはず」

「ボルダルって、惑星？」

「だと思う。たぶん……」自信なさそうな答えだ。

「そこになにがあるの？」

「知らない」

「ボルダルはどこにあるの？」

「知らない」

「すごしやすい惑星なの？　気候が温暖で空気がきれいで、森や山や川がある？」

「知らない」

ああもう、ヴィンクタルったら！　よくまあ、そんな調子でイジャルコルの輜重隊に入れたものね。無知どころか、愚鈍だわ。でもこうなったら、そこを利用してやる。

「ね、わたしの話を聞きたい？」と、水を向けてみた。「わたしがどこからきたのか、いったい何者なのか、知りたくない？」

「ぜひ知りたい。おもしろそうだ」ヴィンクタルは熱心に答えた。

＊

こうしてわたしは長い冒険談を語った。なるべく事実に即して伝えたつもりだけど、ところどころ、平然とつくり話をならべたり……嘘も方便、お許しあれ。情報を提供するというよりも、ただヴィンクタルを楽しませたかったのだ。

語るあいだずっと、どうやってヴィンクタルをまるめこもうかと考えた。周囲とのコンタクトを確立したい。これ以上、蚊帳の外におかれた状態でいるのはごめんだ。せめて、まわりでなにが起きているのか知っておきたい。とはいえ、ヴィンクタル自身は情報源として使えない。まったく無知なんだもの。だからこそ、わざわざ世話人役に選ばれたのだろう。でも、わたしにはコーがいる。わたしがまだちゃんと生きていることを、コーにはっきり知らせたい。それさえできれば、心配ごとはすべてなくなる。

ほかのヴィーロ宙航士はヴィールス船の知性を〝ヴィー〟と呼ぶけど、わたしの《コクーン》では〝コー〟だ。近ごろわたしに逆らってばかりだったので、しばらくコンタクトをとっていない。その後、呼びかけてみたときには応答しなかった。こちらの存在に気づかないみたい。なぜなのか、考えをめぐらせてみた。ヴィールス船が各乗員を識別するのには、さまざまな判断基準を使う。たとえば、まず視覚による判断。その人物が乗員かどうか、船が〝目で見て〟確認するわけだ。次に、音声を使う方法。船は乗員たちの声を記憶している。さらに、メンタル手段。思考する生物ならだれでも微弱なプシオン散乱放射を発するので、それをたよりに識別するのだ。

わたしの場合、これらすべてがだめということ。冷凍タンクじたいはコーにも見えているはずだが、そのなかに凍った状態でいるわたしを視覚で確認することはできない。声も、わたしのに似せてあるとはいえ、人工音声だ。高感度聴覚を持つコーなら、わずかな相違もなんなく見ぬいてしまう。で、プシオン散乱放射については、そもそも冷凍状態の脳が……たとえ思考できるとしても……放射を発するものだろうか？　これまでまったく知らなかった新しい機能とプロセスのもとでメタボリズムが働いているのを、自分でも感じる。その結果、超低温状態を支障なく持ちこたえているわけだ。つまりわたしは、人間のように見えてもそうじゃないということ。ホモ・サピエンスの肉体より強い抵抗力と順応性が本質的にそなわっている。たとえ脳がなんらかの放射を発したとしても、あらたなメタボリズムのせいで、コーが知っているものとは変化しているはず。これも船がわたしを正規の乗員メンバーだと認識できない理由のひとつだろう。

このジレンマを解決するためには、なんとしてもヴィンクタルの協力が必要だ。わたしはかれに、自分がこれまでたどってきた道のりを語った。山あいの町ショナアルのこと、キウープのこと、惑星ロクヴォルトのこと、ゲシールとヴィシュナのこと、ヴィールス船のこと、レオの幼稚園のこと……それらを語るのは期せずして自分を見つめなおす作業ともなり、ふだんはわざと頭から排除していることを、あらためて目の前に突きつけられた……わたしが自分の出自についてなにも知らないことを。ヴィシュナの具象だったという事実を、どうとらえればいいのか？　自分がなにか遺伝素質を持っているなら、それはいったいだれのもの？　だれか外見や特性がわたしと似た人がいて、それが偶然じゃなく血縁関係ゆえということがあるのだろうか？　わからない。そのことを考えるたび、わたしは悲しくなる。だから、いつもは考えないようにしているのだ。

ともあれ、ヴィンクタルはわたしの話をわくわくしながら聞いてくれた。とりわけ、手に汗握るエピソードを語ったり……あるいは即席ででっちあげたり……したときなど、興奮して両手をたたいた。パイリア人のこのしぐさはテラナーと共通らしい。

わたしは最後にこう締めくくった。

「ほかの人なら一生かかってもできないような体験を、わたしはみじかい年月のあいだにしてきたの。だから、この世とおさらばしなくちゃいけなくなっても悔やまないわ」

ヴィンクタルはヴィールス物質製の安楽椅子でくつろいだまま、すぐには理解できないようすだった。それからわたしの言葉をじっくり吟味すると、にわかに立ちあがり、「いまなんていった？」と、叫んだ。「それは、きみが死ぬという意味か？」

「ほかにどんな意味がある？」わたしは悲しげに答えた。「こんな超低温状態におかれた有機体が、あとどれほど生きられると思うの？」

相手の心に同情の念が湧きあがったのがわかる。うまく誘導できたらしい。

「どうしてそんなことに？」と、パイリア人。「なぜ、こんなタンクに入れられてしまったんだ？　外に出してもらえないのか？」

本当のことをいいたかった。〝なぜなら、イジャルコルがなにかたくらんでいるからよ。イジャルコルは血も涙もないやつで、わたしが孤独にさいなまれたって歯牙にもかけないの。永遠の戦士にまつわることはすべてばかげた狂気で、それに近づいたら最後、怒りと苦痛と悲嘆しかもたらされないのよ〟と。

だけど、愚鈍なヴィンクタルだって戦士法典の信奉者であることはまちがいない。だから本心を悟られないように用心して、口ではこういう。

「たぶん、ここにいるのを忘れられてしまったのね」

ヴィンクタルはおおいにあわてて、ちょこまかした足どりで冷凍タンクの前を行ったりきたりしはじめた。革のようなグリーンの皮膚におおわれた禿頭にもしも髪があったなら、掻きむしっていただろう。

「いずれだれかが気づくはずだ」と、悲痛な声でいう。

「それじゃしかたないわ」と、わたし。「一刻も早くなんとかしないと。あと数分ももたないと思う」

ヴィンクタルは目に見えておろおろし、

「だったら、どうすればいい？」と、大声をあげた。

「わたしを救えるのはあなただけよ」

「なんだって？」

けわたしをタンクの外に出して、常温にもどしてちょうだい。そしたら力がよみがえって、あと数日は低温状態に耐えられるようになるわ」

「半時間もあれば充分なの」わたしはできるだけ、あわれっぽく懇願した。「半時間だ

ヴィンクタルは愕然として、

「それは……それは、わたしにはできない」と、声を絞りだす。

わたしはこの言葉を誤解し、かれをなだめようとした。

「だれにもばれやしないわ。あなたは武器を持ってるけど、わたしは持ってない。ここから逃げだすことなんて、できないんだから……」

「いやいや！　そうじゃないんだ」ヴィンクタルがさえぎった。「つまり、どうやったらきみをタンクの外に出せるのか、わからないんだよ」

これを聞いて心が軽くなる。わたしをしばらく冷凍タンクの外に出すことが実際に禁じられているのだとしても、かれは禁をおかすことを恐れているわけじゃないのだ。だったら問題はかんたん。タンクの構造なら知っているし、コンソールのあつかい方もわかる。ヴェト・レブリアンがよく実演してみせたから。

わたしはやり方をヴィンクタルに説明した……

＊

「聞こえる、コー?」と、わたし。

「聞こえます」船が応答した。

どちらもインターコスモで話している。ふたたび安楽椅子でくつろいでいるヴィンクタルは、自分の知らない言葉をわたしが使っていてもまったく気にならないらしい。わたしは凝りかたまった脚をほぐす必要があるかのように、ちいさな制御室をあちこち歩きまわりながら、船に告げた。

「冷凍タンクのなかだとこちらの声が聞こえないのはわかっていたけど、わたし、情報がほしいの。なにか重大なことが進行している気がする。心がまえをしておかないと。船の外で起きていることすべてに関して、最新のことを教えてちょうだい」

「よろこんで」と、コー。「ただ、あなたは自分が別人になったことを認めなくてはなりません。冷凍タンクのなかにいるあいだ、わたしはあなたを認識できませんでした」

「別人になった?」わたしは不審に思った。「でも、それは超低温状態だったからというだけでしょ?」

「もちろんそうですが、いまもやはり意識内に異質な放射が認められます。それにより、肉体も変容したのです。今後はこうした対話の時間を多く持つのがいいかもしれません。この変容がどのように進行するか、記録できますから」

これを聞いて無力感をおぼえ、見捨てられた気分になった。わたしはいったいだれなの？　身体構造を好き勝手にどんどん変えられていくなんて、化け物じゃないの？　またもや、自分自身についてほとんど知らないという事実を突きつけられる。この短時間で二度めだ。外見はヒューマノイドで人間の姿をしているけれど、内面がどうなっているかはだれも知らない。ときどき、わたしを生みだした〝責任者〟に大声で文句をいいたくなる。せめて役にたつ情報のひとつやふたつ、教えてくれてもよかったのに。どんな思考生物にだって出自を知る権利はあるはずだ。

「あなたはわたしの経歴を知ってるはず」と、いってみる。「どうしてもそうしなくちゃいけないときがきたら、わたし以外のだれも知らないエピソードを話すわ。そうしたら、わたしがどれほど異質な存在に思えても、スリマヴォだとわかるわね」

「それならなんとかなるでしょう」コーが応じた。

「じゃ、なにが起きているのか説明してちょうだい。いま、どこにいるの？　ボルダルってどんなところ？　なにか重大なことが迫っていると感じるのはなぜ？　急いで教えて。半時間たったらタンクにもどると、ヴィンクタルに約束したのよ」

「ボルダルは低温の赤色恒星をめぐる荒涼とした惑星です」コーの説明だ。「アブサンタ＝シャドとアブサンタ＝ゴムの両銀河が重層するゾーンにあります。砂漠惑星で、火星に似ていなくもありません。ボルダルには、シオム・ソム銀河の紋章の門と接続している〝エスタルトゥ門〟があります。二銀河の重層ゾーンは超越知性体エスタルトゥの居所とされており、その中枢部には〝暗黒空間〟と呼ばれる宙域が存在します。ボルダルおよびその主星が暗黒空間にあることはわかっていますが、エスタルトゥがどこにいるのかは、これまで判明していません」

わたしはヴィンクタルのほうを見た。こちらの会話に興味をいだいたようすはない。インターコスモも理解できないし、コーのおだやかで調和のとれた声を聞いているうち、眠気を感じてきたようだ。前方にかしいだ頭がびくりとしてもとの位置にもどるのを、何度も目にした。

「ボルダル宙域では奇妙なことが起きています」コーはつづけた。「巨大な一船団が集結したのです。現在われわれ、つまりイジャルコルの船とわたしは惑星から十二光分のポジションにいますが、ボルダルの周回軌道に十万隻ほどが展開しているのを遠距離探知で確認しました。永遠の戦士の星間船もぜんぶで十一隻見えます。あなたの直感はたいしたものですね。たしかに、なにか重大事が進行中ということ。永遠の戦士たちが全員、ボルダルにやってきたわけですから……」

2　ロワ・ダントン

わたしは岩ブロックの陰で風をよけつつ、澄みきった夜空を見あげた。砂岩の角に吹きつけるうつろな音がかすかに聞こえる。それほど強い風でないため、砂礫が動くようなことはないが、ひどい寒さだ。それでも、ある程度わたしが快適にすごせているのは《ラヴリー・ボシック》がヴィールス物質を使って仕立ててくれた頑丈なコンビネーションのおかげである。

頭がくらくらする眺めだった。夜空いっぱいにひろがる十万個の光点がすべて、異なる速度で動いている。巨大船団を構成する宇宙船の数々だ。ここ数日でボルダルに集結したのだが、いかなる目的を持つのかは、いまのところわからない。それらが空を動く速度は軌道の高度によって決まり、低いところにある船は動きも速く見えた。そのなかで、完全に静止して見えるものが数隻ある。同一の軌道にあり、角速度も同じで、まるで惑星のようだ。永遠の戦士の宇宙船だと、ワイチェノムがいっていた。なぜわかったのか？　そう訊かれると、かれは明確な答えを避けたもの。

ワイチェノムは、ここ数日でわれわれが唯一コンタクトをとったエルファード人だ。ふつうエルファード人といえば武器保持者であり、永遠の戦士の部隊では総司令官として戦闘を指揮する立場にある。しかし、ワイチェノムは明らかに地位が低い。どうやら便利屋のようなものらしく、われわれがおかしな行動に出ないよう監視役をいいつかっただけなのは、まちがいなかった。

〝われわれ〟というのは……デメテル、ジェニファー・ティロン、ロナルド・テケナー、シガ星人のスーザ・アイルとルツィアン・ビドポット、それからわたし、ロワ・ダントンだ。数日前にシオム・ソムからやってきたわれわれは、エスタルトゥ門を通って、この見捨てられた世界に着いた。テラ植民惑星になる前の火星の記録映画を見たことがあるが、あれが荒野だなんてとんでもない！　ボルダルの状況は火星をはるかに超える。

大気は希薄で冷たい。真っ昼間でさえ、赤くくすんだ恒星がオレンジ色の薄明かりを投げかけるのみ。エスタルトゥ門はたしかに壮観だったが、ただ砂漠に立っているだけで、なんの役にもたたない記念碑さながらだ。その近くに集中しているわずかな建物も、荒涼とした風景の彩りとなるわけではない。

〝エスタルトゥ門〟とはどこから見ても大仰(おおぎょう)な名前で、当初われわれは期待をいだいたもの……いまや、それはしだいに失望に変わってきたが、ボルダルのどこかに謎めいた超越知性体の居所があるかもしれないと考えたのだ。ところが、惑星のどこにもエスタルトゥのシュプールはない。われわれがあまりしつこく訊くものだから、ワイチェノムもいやけがさしたのか、最後には不機嫌にこう答えた。

「ボルダルで探したって、むだだ。エスタルトゥはまったくべつの世界にいる。そもそも、実際に存在するならの話だが」

むろん、われわれはこれを聞いて唖然とした。エスタルトゥの存在を疑うような理由がなにかあるのか？　ワイチェノムがこの話題をそれ以上つづけるのを避けたので、こちらは結局、腹だちまぎれにあんな答えをよこしたのだろうと結論づけることにした。いたるところにシュプールをのこしているエスタルトゥが消えてしまうわけはない。どこかにひそんでいるはずだ。ここ、アブサンタ＝ゴムとアブサンタ＝シャド両銀河の重層ゾーン中枢部……〝暗黒空間〟のなかに。永遠の戦士の技術はエスタルトゥに由来するのだし、イジャルコルはエスタルトゥのもとへ行くといっていたではないか。その存在を疑う根拠などあるだろうか？

ともあれ、さしあたり超越知性体との邂逅がすぐ実現しそうもないなら、われわれがボルダルに送りこまれた理由はなにか。イジャルコルはヴェト・レブリアンや低体温深層睡眠状態のスリマヴォとともに新ムリロンに寄り道したあと、こちらを追ってくるはず。それはたしかだ。だが、そのあとはどうなるのか？　戦士はわれわれの手を借りてエスタルトゥを探すつもりでいる。むろん、こちらを利用して火中の栗をひろわせる気なのだと、わたしは疑っているが。とはいえ、それはいまのところどうでもいい。われわれはなぜ、惑星ソムから超越知性体の居所へは向かわず、ここボルダルに連れてこられたのか？

着いた翌晩、空に人工の星々があふれはじめた。ここは重層ゾーンの中枢部だというのに、星の数が驚くほどすくない。それが〝暗黒空間〟と名づけられたゆえんだろう。だからこそ、宇宙船をしめす多数の光点はすぐ目についた。あれはなにかとワイチェノムにたずねると、こんどは待ってましたとばかりに口を開いた。

「永遠の戦士がやってきたのだ！」と、興奮して声を張りあげる。「このうらさびしい惑星にとって、これ以上ない名誉だ。戦士全員が勢ぞろいしたということ。輜重隊の艦船が空を埋めつくし、夜が昼のようになるだろう」

「いったい、なにごとか？」ロナルド・テケナーがたずねる。「永遠の戦士たちはなんの目的でボルダルに集結したのだ？」

ヘルメットの格子（こうし）の奥で、目のように見えるグリーンの光点ふたつが動いた。これはワイチェノムの驚きあるいは不信感をあらわすしぐさだと、いまではわかっている。

「そんなこと、どうしてわたしにわかる？」これが答えだった。「まさか、永遠の戦士が自分たちの計画をわたしに教えると思っているんじゃなかろうな？」

ここまでが一昨日の話だ。その後、宇宙船の数は十倍にも増えていった。ぜんぶで十万隻ほど。われわれのコンビネーションには通信装置が組みこまれているので、各艦船のあいだでかわされる通信の大部分を傍受できた。だが、内容は日常会話やルーチン報告ばかり。つまり、上空の輜重隊の面々もここにいるわれわれ同様、なにが起きるかほとんど知らされていないということ。

わたしは立ちあがった。振りかえると、数キロメートル先にエスタルトゥ門が堂々たる姿でそびえ、夜空の光をさえぎっていた。門の麓(ふもと)までつづく窪地があって、低層の建物が二十棟ほどひしめいている。そのひとつがわれわれの宿舎だ。以前どういう目的の建物だったのかは、神のみぞ知る。

そのとき、目のすみでなにか動きをとらえた。見あげると、五十ほどの光点があわただしくコースを変更している。それが意味するものは、ただひとつ。宇宙船が低い軌道に移動して、搭載艇を送りだそうとしているのだ。なにかがはじまる。ボルダルでのお祭り騒ぎがなんなのか、もうじきわかるだろう。

＊

エスタルトゥ門は、長くのびる広大な谷の北端にあった。この谷はまちがいなく、惑星地表の自然のなかでも傑出したものだ。幅は門の近辺では八十キロメートルあまりだが、南へ進むにつれて、左右の境界をなす切り立った岩壁がたがいにはなれてひろがっていく。南方にどこまでつづいているのかはわからない。山々は地平線までのびていた。いずれも険しくそびえ、なかには六千メートル級の偉容もあるようだ。

谷の地面はごろごろした石で埋めつくされ、岩塊もいくつか見られる。遠い昔の氷河期のさいに巨大氷河が氷堆石（たいせき）を運びこみ、それが一千平方キロメートルにわたって痕跡をのこしたものだろう。

わたしはゆっくり時間をかけて宿舎にもどることにした。五十隻の宇宙船からスタートした搭載艇が、ちっぽけな光点となって目にうつった。地表に近づくにつれて明るさを増していくが、やがてはるかな星々の光にまぎれ、夜の闇に消えてしまう。わたしはしばらく立ちつくし、耳を澄ませた。空気抵抗を持つ物体が大気圏に突入するさいに生じる典型的な音を聞こうとしたのだ。ところが、あたりはしずかなままで、流れ星がひとつ夜空に軌跡を描いているだけ。もう外にいても見るべきものはないと思い、大股で歩を進めていった。冷気が顔を刺すようだ。ひょっとしたら、ワイチェノムからなにか聞けるかもしれない。

室内は暖かかった。高い古風な天井の通廊が、出入口からわれわれの宿舎までつづいている。たった五名……シガ星人ふたりはほとんど場所をとらないので勘定に入れていない……にとっては、ひろすぎる空間だ。一階の部屋をいくつか使っているだけで、あとの場所には手をつけていない。ここもほかの建物も、赤い砂漠のなかに数千年前来、存在しているような印象だった。調度にはとりたてて特徴がなく、家具は身長一メートル半から二メートルの左右対称の生物に合わせてつくってある。建物地下のどこかには、みごとな品ぞろえの貯蔵室があるにちがいない。なにしろ、ワイチェノムがわれわれのテーブルにならべるのは、テラニアの最高級レストランで出されるような飲食物ばかりなのだ。

談話室に足を踏み入れる。ロナルド・テケナーが脚を長く伸ばして安楽椅子でくつろいでいた。まるみのあるグラスを手に持ち、わたしが入っていくと、ひと口ごくりと飲んだところだった。デメテルとジェニファーはもう退室している。シガ星人ふたりも部屋に引きあげて寝たらしい。

「なにかはじまりましたな」わたしのうしろでドアが閉まると、ロンがいった。「宇宙船が行き来している」

「どうしてわかった？」

「小耳にはさんだのですよ」スマイラーはコンビネーションの、通信装置が組みこまれた場所をさししめした。「着陸準備の話をしている。インターコスモも聞こえてきました。どうやら、古い知り合いたちと会うことになりそうだ」

それだけ聞けば充分わかった。惑星マルダカアン北極のウパニシャド学校でシャンに任命された、ツナミ艦の乗員四十八名がいるということ。かれらはわれわれが生命ゲームの惑星をスタートするすこし前、イジャルコルの宇宙船に乗りこんだのだ。さらには、惑星パイリアに着くまでわれわれと行動をともにしていたヴィーロ宙航士が一万二千名いたが、こちらはテラナー門をくぐったのち、忽然と姿を消していた。時がくれば再会できると、イジャルコルは確言したもの。どうやら、その時がきたらしい。

そのとき、ワイチェノムがサイドドアから入ってきた。エルファード人特有のいつもの格好だ。黄色い金属製の鎧に、前面が格子になっているヘルメット。格子の奥でグリーンの点が光る。ふだんわれわれが〝目〟と呼んでいるものだが、こちらが考えるところの目をエルファード人が持たないことは、すでにわかっていた。鎧の背中にある棘は、使わないときはだらりと垂れさがっている。この棘には見かけによらないさまざまな機能があった。あるものはアンテナに、またあるものは武器になる。外界とコンタクトをとるさい、知覚や感情表出のメカニズムとして役だったりもする。

「あすは、あなたがたがこの惑星ですごす最後の日になる」ワイチェノムがいった。

「だれから聞いた？」と、わたし。

「しるしを見た」エルファード人の答えだ。「永遠の戦士十二名が全員、集結したのだ。数時間前、最後にイジャルコルが到着した。多数の搭載艇が着陸している。あすは重大な出来ごとがあるはず。そしてあさってには、ボルダルはふたたび閑散としているだろう。これまで八十年間そうだったように」

「その八十年より前に、いったいなにが起きたのかね?」

「あなたがたと別れるのはさびしい」ワイチェノムはわたしの質問が聞こえなかったふりをした。「いっしょにいて楽しいお客だった」

「きみはどうするんだ?」と、ロンが訊く。

「ここにのこる。わが任務は戦士のお客をもてなすことだから」

「この惑星の住民はきみひとりなのか?」

「いや。大いなる門の麓にある家々には、いずれもわたしの同胞が住んでいる」

「きみの同胞に一度も出会わなかったのはなぜだろう?」

「かれらは休息中なのだ。することがないかぎり、眠っている。あなたがたがいなくなれば、わたしも眠りに入るつもりだ。睡眠は孤独に耐えるのに役だつ。目ざめたままこの環境ですごせといわれたら、じきに正気を失ってしまうだろう」

かれの言葉は奇妙にわたしの心を打った。なんという運命か! 思わず、ヴォルカイルのことが頭に浮かぶ。惑星クロレオンではじめて出会ったかれは、マルダカアンではわれわれ相手に生命ゲームを戦った。ワイチェノムとはあまりに異なる生き方ではないか! わたしはそう考え、最後にもう一度、これから起きる出来ごとについてたずねてみた。

「あす、重大な出来ごとがあるといったな。それがわれわれにどう関係するのだ?」

「あすになればわかる」
ワイチェノムはそういいのこして部屋を出た。

＊

デメテルはぐっすり眠っている。起こさないでおこう。眠っているあいだは昼間ずっと頭を悩ませていたものから解放されるのだから、いいことだ。わたしは暗闇を見つめ、テラという名のちいさな惑星をあとにした日に思いを馳せた……ああ、あれからどれだけの月日が過ぎ去ったことか！ われわれはひろい宇宙を見てまわろうと、遍歴の旅に出た。自由でなにものにも縛られず、エスタルトゥの奇蹟に魅せられて。ストーカーの派手な宣伝文句に、異郷への憧れをかきたてられて。

その憧れが、いまやどうだ？ じつにひどくだまされたもの！ ストーカーが熱弁した奇蹟の数々は、プシオン・ネットの弱体化をもくろむ永遠の戦士団がしかけた致死性の罠だった。そのネットをつくる糸は、ヴィールス船の航行に使われるルートそのものだ。だれかがプシオン・ネットの破壊に成功したなら、故郷銀河から四千万光年の彼方にいるわれわれは、未知の世界に永久追放されてしまう。力の集合体エスタルトゥは平和に満ちているとストーカーがいったが、そんなものどこにもありはしない。十二銀河すべて、恒久的葛藤を信念とする永遠の戦士の支配下にある。どの種族もしだいに戦士たちに蹂躙（じゅうりん）され、絶え間なく起きる戦争の軍勢として駆りだされていく。かれらの筆舌につくしがたい苦しみを、われわれは見た。どの種族も戦士から残忍なやり方で試験され、恒久的葛藤の教えにしたがった働きができるかどうか、見きわめられるのだ。

エレンディラ銀河での冒険ののち、われわれはシオム・ソム銀河に流れ着き、ロナルド・テケナーとわたしはマルダカアンで生命ゲームに参加した。勝ちはしたものの、ここからなすすべなく力の集合体における出来ごとに巻きこまれ、主導権を奪われてしまう。船の行き先を決めるのは自分たちでなく、永遠の戦士ということ。マルダカアンでの勝利によって立場が楽になると思いきや、まったく正反対だった。戦士イジャルコルはわれわれを巨大凪（なぎ）ゾーンじゅう、シオム・ソムの紋章の門を通ってあっちの基地からこっちの基地へと連れまわした。パイリア上空にいた《ラサト》と《ラヴリー・ボシック》は、プシオン・ネットの繊維が破壊されるという最後の瞬間に安全を確保できたもの。われわれはメンターたちに指示し、ヴィールス船をアブサンタ＝シャドとアブサンタ＝ゴムの双子銀河に向かわせた。いずれそこへ行くことになるとわかっていたから。

そうして門から門へとジャンプするあいだ、われわれはイジャルコルの命を受けた法典守護者ドクレドのテストを受けていたのだ。そのあいだずっと、精神を生体解剖される感じがした……まるで、だれかがこちらの意識を一片ずつ剝ぎとっていき、魂の奥底をのぞき見ようとするような。

そう感じたというだけで、確信はない。われわれは何度かドクレドに、プシオン手段で調べられている気がするといったもの。しかし、法典守護者は適当な答えでごまかした。かれ自身、われわれになにが起きているか知らなかったのだろう。おおいにありうる話だ。

シオム・ソム中枢部にある王の門に到着したなら、イジャルコルがみずから出迎えると知らせてきた。その言葉どおり、われわれは栄誉をもって迎えられ、永遠の戦士はこちらに真の姿を見せた。その外見がストーカーと瓜ふたつであることには、すくなからず驚いたが、イジャルコルのほうが全体的に細身だった。身長は一・六五メートル。巨人のごときソトにくらべたら侏儒といっていい。だが、ふだんはたいてい鎧を身につけている。これは高さ三メートルの比類なき装甲で、生命維持システム、幻影生成装置、戦闘マシンが一体となったもの。この鎧のおかげで戦士は状況に応じて、見る者を驚愕させ畏怖の念をいだかせる登場場面を演出することができるのだ。

われわれがイジャルコルの館で驚いたことはもうひとつある。これはつらかった。スリマヴォと再会したのだが、そのからだは摂氏マイナス二百度のなかに置かれて冷凍状態だったのだ。ヴェト・レブリアンという名のムリロン人が彼女を拘束し、永遠の戦士に引きわたしたという……いわば〝初夜の翌朝の贈り物〟として。

レブリアンはかつてイジャルコルの手でトロヴェヌール銀河のオルフェウス迷宮に追

放されたが、自力で脱出していた。それだけでも名誉回復には充分だ。その帰還途中、スリマヴォと出会ったという……すくなくとも、かれの説明では。スリと話し、彼女がコスモクラートであると知って、イジャルコルのもとへ連れていこうと決めたらしい。永遠の戦士が力の集合体エスタルトゥの知性体たちに確約し、こだわっている〝第三の道〟は、コスモクラートにも混沌の勢力にも依存しない。つまり女コスモクラートは、レブリアンにとり歓迎すべき戦利品だったということ。

しかし、ロンとわたしにはムリロン人のゲームがよく見通せなかった。かれの話には穴があるのだ。こちらがスリとかわしたわずかな会話によると、どうもまったく望まずにムリロン人の虜囚になったわけではないという印象を受けた。ヴェト・レブリアンはなにかを追求している。それがなんなのかは突きとめられなかった。イジャルコルはスリとムリロン人を連れてスタートしたし、こちらは王の門を通ってボルダルに送られたから。

これがいままでの出来ごとである。ヴィーロ宙航士のロマンも、あれこれ自由に冒険してきたことも、宇宙の奇蹟も、もうない。われわれは永遠の戦士というマシンの歯車にされている。あすになれば決定がくだされるのだろう。ワイチェノムのいった重大な出来ごとについて考えると、おちつかなかった。すでに知っていることが裏づけられるのかもしれない……われわれ、恒久的葛藤のなかに救いようもなく巻きこまれてしまうのかも。

ぼんやり考えをめぐらせているだけでも、やはり疲れるものだ。アンフェアで不愉快なことにばかり関わっていると、神経がまいる。わたしは眠ることにした。

*

翌日はうれしい驚きからはじまった。すこぶるうれしいといってもいい。われわれはワイチェノムがととのえた朝食をとっていた。会話する気にもなれず、各自でそれぞれぼんやり考えこんでいたもの。エルファード人が乗り物を用意できるとほのめかしたので、周辺を見てまわるつもりでいた。前の晩に見かけた搭載艇がどこに着陸したのか、たしかめたかったのだ。自分たちがどうなるのか知りたいという思いが募り、わたしはいらだっていた。

ワイチェノムが用意した飲み物はとても美味だった。コーヒーとココアを混ぜたような味がするが、どんなスパイスを使っているかは教えてもらえない。その最後のひと口を飲み干し、空(から)のカップをテーブルの上に置いたとたん、わたしのコンビネーションの通信装置から声がした。最初、あまりに意外だったので、応答するのも忘れてしまった。相手が直接呼びかけてきたということは、こちらの受信機に調整した周波を使っているわけだ。そんなことのできる者が、このうらぶれたボルダルのいったいどこにいるのか？

「ダントンだが」と、ようやく応じた。マイクロフォンを使う必要はない。通信装置が自動的に声を認識するから。「そちらは？」

「チップです」よく通る甲高（かんだか）い声が聞こえた。

この瞬間、わたしはずいぶんまぬけな顔をしていたことだろう。驚きのあまり、口が開いたままになったのだ。チップという名の者はひとりしか知らない。《ラヴリー・ボシック》でパイリア上空にいたかれが脱兎（だっと）のごとく逃走したのは、もう半年も前のこと。そのチップが呼びかけてきたというのか？

「チップとはだれかね？」と、たずねてみる。

「やめてくださいよ」相手は不機嫌に答えた。「これまで何人のチップと出会ったんです？　《ラヴリー・ボシック》のメンター、コーネリウス・〝チップ〟・タンタルにきまってるじゃないですか。それとも、まさか、わたしをお忘れで？」

テーブルにすわる全員がこの会話を聞いていた。ジェニファーが興奮して声をあげ、跳びあがる。

「チップ」わたしは信じられない思いで、「どこに……どこにいる？　どうしてここがわかった？」

「シオム・ソムからまわり道しましてね。われわれ……」

きて、まともな言葉を発するのもむずかしかった。

このときわたしが感じた思いはとても表現できない。よろこびが喉もとに押しよせて

「わたしもいるの」少女の声が聞こえた。「《ラサト》のパシシア・バアルよ」

「われわれ？　われわれとは？」

「きみたちはいま、どこにいるんだ？」と、かすれ声を出す。

「荒涼たる惑星を見おろしていますよ、ボルダルという名前の」チップが答えた。「あなたがたはおそらく、この地表のどこかにいるんでしょう。さて、先ほどの二番めの質問にお答えします。あなたがたはわれわれに、一刻も早くパイリアを去ってアブサンタ＝シャドとアブサンタ＝ゴムの双子銀河に飛べといいました。そこでの再会を見こんで。ですがね、友よ。何百京立方光年におよぶかわからない宙域で、しかも数百億の星々がひしめくどまんなかで、十人に満たない知り合いの到着を待つのはなかなか退屈な作業ですよ。数カ月も待ちましたが、あなたがたがくる気配はない。そこで、あちこちの通信を傍受しはじめたんです。まともな話に行きあたるまで長いことかかりましたが、ようやく最近、暗黒空間の惑星ボルダルで大きな見ものがあるとわかりました。戦士たちが集結して、恒久的葛藤のあらたな時代が幕を開けるんだとか。われわれ、これにあなたがたが一枚嚙んでいるかもしれないと考えました……永遠の戦士たちとうまくやっているかぎり。で、ボルダルに向けて飛んだんです。むろん、容易じゃなかったですよ。

ボルダルという名前は聞いたものの、正確な座標はだれも知りません。ま、それでも報われました。こうしてあなたがたが見つかったんですから。みなさん、お元気なのでしょうね」

元気だとわたしが告げると、チップはすこし間をおいてからつづけた。

「ここにいては安心できません。異船があまりに多すぎる。まるごと巨大艦隊ですから。そちらに搭載艇を一機、回収に送りだしましょうか？　一時間後には、このごたごたから解放されてスタートできますよ」

会話はそこで中断することになった。ワイチェノムが入ってきたのだ。

「あなたたちの同胞三名が、話をしたいと訪ねてきている」と、エルファード人。

「搭載艇はどうしますか？」チップが訊いた。

「すこし待て」わたしはチップに、「われわれがここから放免されるかどうか、まだなんともいえない。いまのポジションはどれくらい安全だ？　だれかに見つかったか？」

「わかりませんが、さっきもいったとおり安心できないのでして……」

「チップのいつもの心配性よ」パシシアが割りこんだ。「わたしたちがここにいることは、まだだれも気づいていないわ……」

「わたしは心配性ではない！」コーネリウス・〝チップ〟・タンタルが大声を出す。「慎重なだけだ」

「いまは高い軌道にいるの」パシシアだ。「惑星地表から一万五千キロメートル。しばらくここにとどまります」

「そうしてくれ」と、わたし。「受信機はつねに作動させておくように。不測の事態が起きたら知らせてもらいたい」

「了解しました」チップとパシシアは同時に応じる。

気がつくと、ロナルド・テケナーがエルファード人に向きなおり、

「訪問者をなかへ入れてくれ」と、たのんでいた。

ワイチェノムがドアから外に出ると、しばらくして通廊をやってくる足音が聞こえてきた。入口のところにあらわれた三名は、エルファード人のいうとおりテラナーか、すくなくともテラにルーツがある。ひとりは、パイリアのテラナー門ではなればなれになったヴィーロ宙航士だとわかった。ふたりめは《ツナミ113》か《ツナミ114》のもと乗員で、シャンの地位にある者だ。マルダカアンの英雄学校で、ウパニシャド十段階のうち最初の三段階をおさめたということ。

驚いたのは、三人めを見たときである。よもやこの相手にふたたびお目にかかるとは思わなかった。肥満体の小男で、まだ非常に若く、三十歳にもならないだろう。赤くふくらんだ頬をして、目を自信ありげに光らせている。不敵ともいえる目つきだ。

「ドラン・メインスター」わたしはいった。「なぜ、ここにやってきた？　悪魔のしわ

ざか?」

＊

メインスターは《エクスプローラー》にもぐりこんでいたハンザ・スペシャリスト四名のひとりである。力の集合体エスタルトゥの居住種族と交易するにあたり、有利な条件を得たいと考えたホーマー・ガーシュイン・アダムスが、ひそかに送りこんだのだ。アダムスはわれわれ、冒険心あふれるヴィーロ宙航士たちにまかせておいては、自分の関心事にしかるべき重点がおかれないと考えたのだろう。だから、専門家を派遣することにした……ドラン・メインスター、アギド・ヴェンドル、ミランドラ・カインズ、コロフォン・バイタルギューの四名を。

かれらは早くも惑星クロレオンでヴォルカイルと共謀し、われわれに敵対するが、最後はセポル星系でエルファード人と袂を分かち、ふたたび《エクスプローラー》乗員となった。だが、ヴィールス船複合体がシオム・ソムに向かったさい、突発した〝法典病〟にやられてしまい、イルミナ・コチストワが惑星マガラでかかえこんだ侏儒キドとともに、《エクスプローラー》の一セグメントではるか彼方へ旅立ったのである。かれらと再会することがあろうとは、だれも思っていなかった。

「悪魔は関係ありません」メインスターが応じる。耳ざわりなだみ声で、かなりの早口だ。「使命があるからきたのです。恒久的葛藤の哲学に関する任務で」

それでわかった。かれの目に宿る奇妙な光は、完全に法典ガスの影響下にある証拠だ。どこかで永遠の戦士の弟子にさせられたのだろう……おそらく、ほかの三名も。メインスターはシャント・コンビネーションと呼ばれる戦闘服を身につけている。これはウパニシャド学校の生徒が着用するもの。ツナミ艦の乗員男女と同じく、かれもシャンの段階までおさめたらしい。生徒はシャン任命式のさい、最初の洗礼として大量の法典ガスを浴びせられるのだ。

「どのような任務かね？」と、訊いてみた。

「時がくればわかります、ダントン」だみ声が返ってくる。「まずは、われわれに同行していただきたい。あなたの友たちもいっしょに」

わたしは訪問者たちのほうを向いた。三人のなかでは、シャント戦闘服を身につけていても、メインスターがいちばんまともに見える。われわれと別れていたみじかいあいだにどれほど理性をむしばまれたことか、わかったものではないが。

「なんという言いぐさか？」わたしはストーカーの〝パーミット〟……〝戦士のこぶし〟と呼ばれる金属製手袋をベルトからはずし、左の下腕にはめた。「わたしの地位はパニシュ・パニシャと同等。すなわち特権階級だ。そんなわたしに命令するつもりか、ばか者！」

すると、相手の目にまた奇妙な光があらわれる。わたしのさっきの見立てはやはりまちがっていた。メインスターはほかの二名と同様、永遠の戦士の教えにとりこまれているのだ。かれは手袋の輝く表面を食い入るように見つめ、こういった。

「命令ではありません、ご主人。戦士十二名からじきじきの要請であります」

わたしの背中に冷たいものがはしった。

「〝ご主人〟はやめろ！」思わずどなりつける。「わたしはきみの主人ではない！」

メインスターはおちつきをなくし、

「お、お許しを、ご主人……いえ、ダントン」と、つかえながら答えた。「ですが、戦士のシンボルを身につけておられるので」

「これは前から身につけていた。それでもきみに〝ご主人〟などと呼ばれることはなかったぞ」わたしは大声でいいかえす。「頭がおかしくなったのか？　わたしはロワ・ダントン、きみと同じただのテラナーだ」

かれらの顔を見て、怒ってもむだだとわかった。ツナミ艦乗員とヴィーロ宙航士が同じように、輝く金属の手袋を畏敬のまなざしで見つめている。ドラン・メインスターもまた、戦士のこぶしを見て卑屈なへつらいの態度をしめしたもの。

「われわれに話したいことがあったんだろう。なんだ？」と、たずねてみた。

「きょう、重大な出来ごとがあるのですが……」ドランスターが話しはじめる。

ここで堪忍袋の緒が切れた。わたしはうなるように、

「それはもう何度も聞いた。いったいどんな出来ごとだ？　なにが起きるというのか？」

「われわれも知らないのです、ご主人」ツナミ艦乗員が答える。わたしは懸命に怒りをこらえた。どこか意識の奥のほうで、わずかに客観的判断力が働いたおかげで、この笑止千万な呼称をやめさせようとしても意味がないと悟った。「わかっているのはただ、永遠の戦士十二名が儀式をおこなうことと、そこにあなたがたも参加してほしいと要請していることだけでして」

「どうやって参加しろと？」

かれは通廊のほうをさししめした。

「乗り物を二機用意しました、ご主人。一機はあなた専用です。オートパイロットが目的地までお連れします」

「わかった、行く」愛想のかけらもない声でわたしは応じた。三人はそれを聞いて身がまえる。「任務は完了したと、帰って伝えろ。きみたちの同行は必要ない」

かれらは黙って踵を返し、出ていった。わたしは手袋を腕からはずす。できるものなら、部屋のすみに投げつけたかった。戦士のシンボルだというのが厭わしい。ただ、もうわたしにとって危険はなくなっていた。法典ガスはここ数週間、数カ月のあいだにす

こしずつ放散され、いまは出つくしたので。それに、イルミナが開発した抗法典分子血清もまだのこっている。

ロナルド・テケナーが皮肉な笑みを浮かべたのを見て、金属サックを手のなかでもてあそんでいたわたしはわれに返った。スマイラーはこちらの考えを察したらしく、「おやりなさい」と、からかうようにいった。「捨ててしまうんです。どこかの恒星にほうり投げて燃やせばいい」

レジナルド・ブルのことを当てこすっているのだ。ブルは法典ガスのせいで誇大妄想的な幻覚に悩まされるようになり、パーミットにいやけがさして惑星クロレオンの主星に投げ捨てた。一瞬の思いつきで衝動的にしたことだったが、それ以来、軽率な行動を悔やむはめになる。法典ガスの影響を逃れる方法はあったのに。しかもマルダカアンでは、戦士のこぶしを失ったことが法典に対する冒瀆とみなされ、追放者トシンの赤いマークを額につけられてしまった。

わたしが手袋をベルトのホルダーに押しこむと、テケナーの顔から笑みが消えた。「全員やられたわけですな」と、暗い声でいう。「ヴィーロ宙航士の一万二千名、ツナミ艦乗員の四十八名、ハンザ・スペシャリスト四名。全員、やつらの手に落ちてしまった……いまいましい法典ガスのせいで」

3　スリマヴォ

ヴィンクタルとわたしはとても楽しいひとときをすごした。かれはいろんな物語や逸話をたくさん知っていて、語るのも上手だ。パイリア人の歴史については、だれから聞くよりもよくわかった。とはいえ、パイリアにあるテラナー門でデモンストレーションされたような、華々しい歴史ばかりだけれど。

かれの無知なところもおもしろかった。船の航行に関する単純なこと……たとえばエネルギー量、速度、到着予想時間などを質問すると、自分はそうした知識すべてを得る立場にないのだと、なにくわぬ顔で弁解する。ヴィンクタルはきっと、わたしがかれを愚鈍と思っていることを知っているはず。でも、意に介さないのだ。かれは愛すべき愚者で、心配ごとを忘れさせてくれる。

心配ごとは山ほどあった。永遠の戦士にムリロン人種族を認めてもらうため、わたしを贈り物として引きわたすとヴェト・レブリアンはいう。わたしはその提案に進んで乗った。かれがわたしをコスモクラートと思いこんでいることにも反論しなかった……本当は偶然に生まれた具象にすぎないのだけど。いまいるタンクはコーがつくったものだ。いつでも冷凍状態から解放してやるとレブリアンは請け合い、わたしは納得した。ただしそれは、イジャルコルがムリロン人種族を認めてからの話だという。

でも、いま考えると、ちょっとかれを信用しすぎたかもしれない。べつにヴェト・レブリアンの誠意を疑うわけではないし、わたしとの約束どおりにことを進めるつもりだとは思うけど、あれから姿をまったく見ないのだ。イジャルコルは話を真に受け、コスモクラートを贈られた気でいる。なにをたくらんでいることやら。ただ、いずれにしてもレブリアンをわたしから遠ざけたのはたしかだ。

わたしひとりの力で冷凍タンクから出ることはできない。お人よしのヴィンクタルに頼りたいけど、かれの親切心や鷹揚さに乗じて困らせてしまっては申しわけない。そうなると、最後の手段はコーだ。コーとは合意ができている。ヴィールス船が持てる手段を使って解凍プロセスにとりくめば、わたしは拘束状態から抜けだせるはず。でも、それは本当にせっぱつまった状況になってからのこと。ヴィンクタルがどんなに愛想がよくて憎めないおばかさんでも、いざとなったら警報を鳴らすかもしれない。そうしたら、戦士の輜重隊が大挙して追ってくるだろう。

ヴィンクタルは、制御室でわたしと話していないときは船内のどこかに出かけている。ときには数時間も姿が見えなくなる。眠るか食事か身づくろいだろうと、これまでは思っていた。だけど、今回はとくに長い時間あらわれない。不安になってきた。ヴィンクタルがたまにわたしをタンクから出していることを、だれかが嗅ぎつけたのかもしれない。イジャルコルはこころよく思わないだろう。具体的に想像してみればわかる。かれはわたしをつねに最良の状態で保管しておきたいのだ。

標準時間で半日ほどたってから、ようやくヴィンクタルがもどってきた。わたしはほっとすると同時に、相手の沈んだようすに気づいた。純朴で率直なかれのこと、心配ごとを長くかくしてはおけないのだろう、こういった。

「きみのそばにいて語り合うのは本当に楽しかったよ、スリマヴォ。これからもきみのことは忘れないだろう」

「最初からちゃんと話してよ」と、うながす。「つまり、あなた、わたしの担当をはずれるわけ？」

「しかたないさ」と、悲しげな返事があった。「わたしはイジャルコルの部下だから。きみがどこかへ行ってしまっても」

＊

「わたし、どこかへ行くの？」

「きみの船を切りはなす準備が進んでいるんだ」ヴィンクタルの答えだ。「どこへ行くことになるのかは知らない」

「ボルダルをめざしているといったわね。そこに着いたのかしら？」

「いまは周回軌道にいるよ。ほかにも数万隻、宇宙船が展開している。イジャルコルは惑星地表で開催される大きな儀式に参加するらしい」

パイリア人は踵を返した。

「もう行っちゃうの？」わたしは心底がっかりした。ヴィンクタルにすっかりなじんでいたのだ。さぞさびしくなるだろう。

かれはとほうにくれたように、

「別れを引きのばしても意味がない。つらい時間が増すだけだ」

ハッチがスライドして開く。ヴィンクタルは振り向きもせずに出ていった。わたしはその姿が通廊の薄闇に見えなくなるまで見送っていた。心がえぐられるようだ。いつだってクールなスリマヴォが、こんなセンチメンタルになるなんて。

ようやくすこし気をとりなおすまでには、しばらく時間がかかった。感情に身をゆだねていたいのはやまやまだけれど、いまは理性を優先させなければ。このままずっとイジャルコルやほかのだれかの虜囚でいる気はさらさらない。自分が永遠の戦士十二名のあいだで引きまわされることを想像すると、胸が詰まる。かれら、それぞれの勢力圏でわたしを見世物にして、コスモクラートを支配下においたと自慢する気だろう。

〈コー、応答して〉わたしはメンタル・プロセッサーに思考を送った。

思考が音声に変換されたのが聞こえる。だけど、返事はない。

「コー、ヴィールス船が切りはなされるのよ」と、つづけて話しかけた。「こちらスリマヴォ。わたしの声を識別できるといったわよね？」

「あなたを発見したのはだれですか？」船のコメントだ。

それを聞いて最初は困惑したけれど、やがて思いだす。わたし以外のだれも知らないエピソードを話せば本人確認になると、自分から提案したのだった。コーがいったのはなんのことかしら？　わたしが〝発見された〟のは一度きり、自分が誕生したあのときだけだ。山あいの町ショナアルの麓にあった公園で。

「パーナツェルよ、マット・ウィリーの」そう答えてみる。

「パーナツェルの飼い主はだれですか？」と、コーがたずねた。

「おかしな質問だわ」わたしはむっとして、「マット・ウィリーは知性体生物よ。だれにも飼われたりしない。パーナツェルは引退した宙航士ジェイコブ・エルマーの友だった。あなたの訊きたいのがそういうことならね」

「それで充分です。こうした話はスリマヴォ以外のだれも知りません。では、用件をどうぞ」

「現状を知りたいの。ヴィンクタルの話を聞いたでしょう？　《コクーン》はどこへ向かわされるのかしら？」

「不明です。われわれの現ポジションはボルダル上空で、ここに宇宙船が十万隻ほど集結しています。永遠の戦士が全員やってきたことはお話ししましたね。宇宙船間の交信を傍受したのですが、かれらもボルダルでなにが挙行されるのか知らないようです。風の便りにもうじき大々的かつ重要な出来ごとが起きるとは聞いていても、それ以上の情報はないということ。《コクーン》がイジャルコルの船から離脱したのは事実です。ただ、どこに向かわされるかは、イジャルコル自身にもわかっていません」

わたしはしばし考えてから、こういった。

「《コクーン》が離脱した。ということは、わたしたち、どこかへ飛び去ってもいいわけね？」

「それも可能かと」と、コー。「そうしたいですか？」

かんたんには答えられない。そもそも、わたしはどうしたいのだろう？　この数週間ずっと考えつづけてきたけれど、まともな答えを思いつけていない。そのいっぽう、どうしたくないかはわかっていた……つまり、わたしはレオナルド・フラッドとアン・ピアジェの仲をじゃましたくないのだ。だから《レオの幼稚園》を下船し、あてどない旅に出た。いま《コクーン》で飛び立つとして、どこに向かえばいいのか？

ひとつだけ、はっきりしていることがある。いつかはテラに帰るだろう。わたしはテラでわたしになった。コスモクラートのヴィシュナの具象が、ショナアルのアドベンチャー・パークで実体を手に入れたのだ。テラはわが故郷。いずれは帰郷する……テラナーたちに、ストーカーの話がすべて嘘だったことを知らせるためだけにでも。力の集合体エスタルトゥは永遠の平和王国なんかじゃないし、ソトが熱心に語った〝奇蹟〟はじつはプシオン・ネットを破壊するメカニズムだった。そうすることで〝ゴリム〟の……それが何者にせよ……命を脅かそうというのだ。

ここまで考えて、決心がついた。永遠の戦士たちのもくろみや戦略について、いまのところなにが判明したというの？　テラに役だつ情報を持って帰りたいのなら、もうすこし調べて事情をよく知ってからでないと。いまはまだ中途半端な知識しかない。これではテラナーたちも対策を立てられないだろう。全体像を構成するデータがもっと必要だ。エスタルトゥに起因する危機は、やがてだれも疑うことができないほど明確なものになるにちがいないのだから。

「いいえ」わたしはいった。「そうしたくない。しばらくここにとどまるわ。観察をおこたらないで。ここでなにが起きるのか、知る必要がある。またどこかに拘束されたりドッキングされたりしたら、その手法を分析しといてちょうだい。大急ぎでスタートしなくちゃいけない事態になるかもしれないから」

「船の立場からも、そうしましょう」心なしか、コーの声に安堵の響きが感じられる。

「わたしが予測するに……」

コーが途中でいいよどむとは珍しい。ヴィールス船の知性は大型コンピュータ並みの多様な適応能力を持つため、いちどきに数百のことを処理できるのだ。その能力を一点に集中しなければならないことなど、めったにない。だけど、どうやらその〝めったにないこと〟が起きたらしい。

「どうしたの?」そう訊いてみる。コーはわずかにためらったのち、

「宇宙船が一隻、近づいてきます」と、答えた。「永遠の戦士の船と同じ構造ですが、より大型です。これはどういうことでしょう?　十三番めの戦士が存在するのか……?」

4 ロワ・ダントン

オートパイロットに座標がセットされていなかったとしても、その場所はすぐにわかっただろう。大々的ななにかが進行中だということは見逃しようがない。百キロメートル以上はなれた場所からでも、埃っぽい鐘状エネルギー・ドームが谷をすべておおいつくしているのが見える。さまざまなかたちの乗り物が数百機、埃を巻きあげていた。この数時間に着陸したのだろう。いずれも、ボルダル上空の周回軌道に展開する艦隊が送りだした搭載艇だ。

谷はここから見ると直径二キロメートルの窪地で、岩壁が自然の円形劇場をなしている。集まった永遠の戦士たちのために用意された舞台ということ。搭載艇の数々は喧噪のなか、谷の砂地に分散して駐機していた。とはいえ、窪地の縁から一・五キロメートルより近くにとまっているものはひとつもない。われわれのオートパイロットもまた、かなりはなれた地点を着陸場所に選んだ。窪地までは徒歩でゆうに二十分かかる。外に出ると、ありとあらゆる姿かたちの生物が搭載艇や円形劇場の周囲をうろついていた。

いずれもシャント戦闘服を着用している。みな、ウパニシャドの各段階をおさめた修了者なのだ。永遠の戦士が徴募した輜重隊の有力メンバーであり、法典に忠誠を誓った兵士である。

ロナルド・テケナーとわたしは妻たちをあいだにはさみ、シガ星人ふたりにはポケットのなかを居場所にしてもらった。ルツィアン・ビドポットはわたしの上着の左胸ポケットでからだを伸ばすと、その縁をバルコニーの欄干(らんかん)に見立てて頬杖をつく。スーザ・アイルはロンの腰ポケットに入って油断なく周囲に目を配っている。最初はだれもこちらに注意をはらわなかったが、やがて、数千名にのぼる群衆のなかでわれわれだけがシャント戦闘服を着ていないのに気づいたらしい。あからさまにののしる声が聞こえはじめた。そこでわたしもロンも思った。パーミットをつけたほうがよさそうだ。

その効果はたちまちあらわれた。だれもが口をつぐみ、尊敬と畏怖の態度を見せるようになる。群衆はわれわれが通りやすいように道をあけた。数名のエルファード人など、こちらが通過するさい、脇によって直立不動の姿勢をとったほどだ。だれか通行人を引きとめて、ここでもうじき起きる重大な出来ごととはなんなのかと訊きたいのはやまやまだったが、そんなことをしたらぼろが出る。金属の手袋をはめた者は戦士と同じ地位にあるのだ。わたしがこのお祭り騒ぎの正体を知らないなら、いったいだれが知っているというのか？

赤い恒星が地平線に近づいた。あと一時間もすれば山々の向こうに沈むだろう。見世物がはじまるのは夜ということか。

進んでいくうち、シャント戦闘服姿のヴィーロ宙航士の一グループに行きあたる。相手がうやうやしく脇によるのを見て、わたしは一抹のさびしさを感じた。かれらはわれわれのことを、ともにひろい宇宙を数週間から数ヵ月、旅してきた仲間として見ていない。金属の手袋、すなわち戦士のシンボルに反応しているだけだ。こちらのほうが高位にあるから畏敬の念をしめしたということ。

われわれは方向を変え、なるべく群衆と関わらずにすむよう、びっしりならぶ搭載艇のあいだを縫って進むことにした。しだいに谷へと近づいていく。前を見ると、棺に似た例の六角形の乗り物が一機とまっていた。戦士艦隊の半球形大型艦に、数百とはいわないまでも数十はある搭載艇だ。そのとき、わたしは数歩さがった。べつの搭載艇がとまっている奥のほうに、ルツィアン・ビドポットが注意をうながしたから。ある生物に気づいたらしい……ビドポットはウルフォ種族だと思ったようだ。ウルフォというのはちいさな毛皮生物で、ほぼ球形のからだとテラのミニブタに似た顔を持ち、突きでた鼻づらが印象的である。

わたしの知っているウルフォといえば、グルクしかいない。かれはマルダカアンで窮地にあったわれわれに、ゲームメーカー協会からの重要な情報をとどけてくれたもの。

永遠の戦士の輜重隊にウルフォ種族がくわわっているとは考えられない。そこで、ひとえに好奇心からビドポットの言葉にしたがい、ウルフォを……それが事実なら……探してみた。しかし、群衆のなかにまぎれてしまったようだ。

わたしが六角形の搭載艇の尾部を一周するあいだに、テケナーとデメテルとジェニファー・ティロンは十歩ほど先に進んでいる。呼びとめようとしたそのとき、コンビネーションの左脚が引っ張られるのを感じた。思わず立ちどまり、目を落とす。

そこに見えたのは、ちいさく縮んだ悪魔さながらの姿だった。黒く細い瞳孔のある黄色い目が横着な感じに光っている。顎が前方に突きでて、大きな口はなかば開いていた。皮膚が透けているので、その下にある筋肉や腱や軟骨組織や骨格がはっきりわかる。ぞっとする生き物だ。身長は一メートルに満たない。ちいさな悪魔は軟骨の尻尾を肩まで持ちあげ、頸に半分ほど巻きつけていた。歩くのにじゃまだといわんばかりに。

「スコルシュ！」わたしは思わずそういったが、それがまちがいだということはすぐにわかった。

「スコルシュじゃないぞ」悪魔が文句をいう。「わが名はクラルシュだ」

＊

クラルシュ……この名を忘れていたとは！　イルミナ・コチストワが惑星マガラで発

見し、命を救った存在だ。かれは惑星住民からキドと呼ばれていたが、自身の本当の名前はおぼえていなかった。そもそも過去のいっさいを忘れていたのだ。キドは進んで女ミュータントに協力し、非常に有能な助手とはいえないまでも、抗法典分子血清をつくる実験で役にたった。というのも、かれはイルミナと同様の能力を持つから。有機体の細胞を直観的に理解し、その構造に影響をあたえることができるのだ。

ところが、この実験が失敗したせいで悲劇が起きる。キドは法典ガスを大量に吸いこんで狂乱状態になったのち、身体構造を変化させ、もとの姿を……ストーカーの相棒で出しゃばりかつ喧嘩腰のスコルシュと同じ、進行役の姿を……とりもどしたのである。忘れていた過去の記憶ももどった。かれはかつてクラルシュと名乗り、ソト＝グン・ヌリコの進行役をつとめていたのだ。恒久的葛藤の教えをひろめるべく、ソトに同行してヤニチャ・ヤン銀河へ向かった。ソタルク語ではヤニチャ・ヤンだが、これはカピンの故郷銀河グルエルフィンにほかならない。オヴァロンから警告を受けていたカピンはソト＝グン・ヌリコの侵攻を撃退、ソトは落命した。クラルシュにはそのことがトラウマとなり、防衛本能が働いたのだろう。ソトが死ぬまでの記憶は理性によってブロックされていたわけだ。

しかし、法典ガスの作用で進行役はすべてを思いだし、ソトを殺した者たちへの復讐を誓う。同じく法典ガスに影響されたハンザ・スペシャリストたちでまわりをかため、五名そろって《エクスプローラー》複合体の一セグメント《アルマゲドン》に乗りこみ、出発した。行き先はだれも知らなかった。

ドラン・メインスターが話しにきたのだから、アギド・ヴェンドル、ミランドラ・カインズ、コロフォン・バイタルギューも当然ボルダルにいると考えられる。クラルシュもいっしょだと予想してもよさそうなものだった。なぜ思いつかなかったのだろう。

「キャリアの頂点を追いもとめるのはどんな感じかね？」侏儒がにやりとしていった。

スコルシュには本能的に嫌悪感をおぼえたものだが、クラルシュに関してもやはり同じだ。進行役と呼ばれる者はいずれも悪の権化に見える。わたしはストーカーとスコルシュの関係がまったく理解できなかった。ストーカーは実際に……本人はそう見せているが……進行役の主あるいは上位者なのだろうか？ どちらかというと侏儒のほうが助言者という役割で、攻撃的かつ喧嘩好きという仮面の下に真実をかくしているのではないか？

どうであれ、クラルシュがお愛想をいうためにわたしを引きとめたとは考えられない。目をあげると、ロンと妻たちはずっと先のほうに進んでいた。進行役には気づかなかったらしい。

「きみの意図がわからない」わたしはクラルシュの質問に答えた。「なにをいいたいんだ？」

相手は長く骨張った指でパーミットをさししめし、

「あんたは戦士のひとりだろう？　鋼のこぶしをつけている」と、いった。「なのに、戦士なら当然しめすべき法典への忠誠が見られない。とはいえ、あんたとその仲間は使える道具だから、恒久的葛藤の教えをひろめる先駆者となるはず……そう、さる者が判断したのさ」

わたしが本気で怒りをおぼえるものごとは数すくないが、理性ある生物を〝道具〟呼ばわりするのはそのひとつだ。しかし、ここで怒れる男を演じても意味があるまい。憤りはのみこむことにした。

かわりに、クラルシュの言葉を聞いて生まれた疑問をぶつけてみる。

「さる者が判断しただと？　どういう機会に？　生命ゲームを見てのことか？」

侏儒はばかにしたように手を振り、

「あれはほんの小手調べさ」と、いった。「気づかなかったか？　紋章の門を出入りするたび、あんたたちは透視されていた。プシオンを使った化身、つまりパラプシ性のひな型をこしらえる目的でね。いざとなったら、さる者はあんたたちの複製をつくりだし、そのクローンに意識を移植できるわけだ」

やはりそうか！　ずっと感じていたとおり、われわれはプシオン・レベルで生体解剖されていたということ。クラルシュの言葉を聞いても、とくに驚きはない。そうではないかと前から疑っていたから。だがそれでも、背中に戦慄がはしった。未知者に心の奥底をのぞかれるというのは不愉快なものである。

「さる者といったな」と、わたし。「だれのことだ？　法典守護者ドクレド？　あるいは戦士イジャルコルか？」

クラルシュは甲高い笑い声をあげ、見くだした口調で、

「ドクレドがいくら重要な任務を帯びているといっても、そんなことには関わらない。戦士の調達は個々のやる仕事ではないのだ。もっと上位の力が働いている」

「肝心なことはなにもいわないのだな」わたしはかれを責めた。「大言壮語をぶちあげて、自分をひとかどの存在に見せかけようとするだけで」

この言葉を、クラルシュは恐いほど冷静な態度で受けとめた。きっと怒りを爆発させるだろうと身がまえていると、

「わたしは〝ひとかどの存在〟なのだ」と、返事がくる。「そう見せかけようとする必要もない。だが、肝心なことをいわないという非難については認めよう。あんたと友たちに真実を知らせる役目はほかの者がになう。すぐ近くにいるから、もうじき好奇心を満足させられるぞ」

クラルシュはそういうと、華奢（きゃしゃ）なからだつきからは想像もつかないほど力強いジャンプで六角形搭載艇の陰にかくれた。最後にもう一度こちらに手を振り……軽蔑的なしぐ

さに見えたが……すぐに姿を消す。

侏儒の言葉に嘘はなかった。〝さる者〟がわたしとロナルド・テケナーをどうする気なのか、わたしはじきに知ることになる。ただ、もうひとつの疑問の答えはさしあたり出ないままだった。何者かがパラプシ性ひな型を使ってわたしの意識をコピイするかもしれないと考えると、心の底から不安が湧きあがる。

だが、〝形態形成〟の専門分野に関する知見と、それを戦士軍団が自分たちの目的にどう悪用しているか、わたしが知るのはずっとあとの話だ。

*

恒星が沈むと、まるでだれかがシグナルを発したかのごとく、信じがたい静寂が谷じゅうを支配した。搭載艇のエンジン音はぴたりとやみ、もう降下してくる艇もない。群衆のあいだに沈黙がひろがる。その数、一万五千名から二万名ほどとわたしは見積もった。宇宙船十万隻の全乗員のうち、数パーセントもいまい。どういう基準で選ばれて、きょうの大いなる出来ごとに参加できたのだろうか。おそらくランクがものをいったはずだ。つまりヴィーロ宙航士たちは、戦士の輜重隊のなかでもそれなりの地位にあるということ。

わたしはデメテルとジェニファーとロンに、クラルシュと会った話をした。自分たちがプシオン手段で透視されていたこと、精神のひな型がつくられたことを伝えると、かれらもわたしと大差ない反応を見せた。

「いつか、ぎゃふんといわせてやる」テケナーが唇をへの字にしてつぶやく。

そのあとすぐ、とてつもない静けさが訪れたのだった。なぜかわれわれまで、話をする気が失う。あたかも谷全体が心理的呪縛に絡めとられたかのようだ。大いなる出来ごとが開始されるのを、惑星じゅうがいまかいまかと待っている。

その静寂がいきなり破られた。《ラヴリー・ボシック》から連絡がきたのだ。

「船内すべて異状なし」コーネリウス・タンタルが報告する。「《ラサト》も同様。こちらに注意をはらう者は皆無（かいむ）です。なにが起きるのか確認するため通信傍受していたのですが、数分前からしずまりかえりました。交信はまったくなし。ただ、けっこうな大きさの乗り物が一隻、近づいてきます」

「ここ地表もしずまりかえっている」わたしは声をひそめて応答した。「どうやらサーカスがはじまるらしい。乗り物はどんなタイプだ？」

「星形です。永遠の戦士の宇宙船に似ていますが、それより大型ですね」

〝もっと上位の力が働いている〟と、クラルシュはいった。その上位者が大型船でやってきたのか？

「なにが起きるのか、じきにわかるだろう」わたしはタンタルに告げた。「注意をおこたるな。不審なことがあれば、すぐに連絡しろ」

シガ星人はそのまま黙って接続を切る。

かちりという音。この会話をロンとデメテルとジェニファーも聞いていたのだ。ロンがなにかいいかけたそのとき、突然あたりが明るくなった。

まるで、谷の上空に恒星がひとつ出現したかのようである。昼間のボルダルをかろうじて照らす老いた天体ではなく、まだ若く力強い恒星だ。その青白い光が遠くの山々までつづくがれ場を満たし、山の麓に立つ一枚岩の影をくっきりと生じさせる。

わたしは用心して目をあげないようにした。群衆のなかには本能的に上を見た者がいたらしく、ぎらつく光で目を痛めて悲鳴をあげるのが聞こえる。しかしその悲鳴も、あらたに響きわたった低い轟音にかき消された。それから巨大な鐘が打ち鳴らされるような音がして、あたりの空気が震える。

あとは、たてつづけにことが起きた。ふたたび鐘が打ち鳴らされ、この状況ではありえないほど温暖な心地いい風が谷を吹きわたり、まばゆい光が弱まる。さっき早まって上を見たせいで眩惑された者たち以外は、とてつもなく大きな円盤が夜空から降下してくるのを目撃した。それが谷におりると、窪地はほぼいっぱいになる。

円盤の上に、永遠の戦士たちがいた。いずれも巨人のように見えるが、これは鎧に装備された幻影生成装置がつくりだすプロジェクションだ。その眺めは印象深いもので、畏怖の念を呼び起こし、はかりしれない力を予感させる。人工の温風が吹き、不可視の巨大な鐘が相いかわらず鳴りひびくなか、戦士たちは仁王立ちしていた。勇壮なその姿がプロジェクションにすぎないことは、みな知っている。実際は華奢な生物で、地球の標準的な成人から見れば小男だと形容されるだろう。だが、そんなことは関係ない。永遠の戦士は力強さと権威にあふれていた。集まった群衆……戦士たちを間近で見ることを許された特権階級の者たち……は、畏敬の思いに呪縛されてものもいえず、かたまっている。

戦士たちの名前はわかる。イジャルコルから聞いて記憶にとどめていたのだ。十二名全員がそろっていた。

アブサンタ＝シャド銀河のアヤンネー。
アブサンタ＝ゴム銀河のグランジカル。
シオム・ソム銀河のイジャルコル。
エレンディラ銀河のカルマー。
ダータバル銀河のクロヴォル。
パルカクァル銀河のムッコル。
シルラガル銀河のナスチョル。
ムウン銀河のペリフォル。

ウルムバル銀河のシャルク。

スーフー銀河のスーフー。

ムジャッジ銀河のトレイシー。

トロヴェヌール銀河のヤルン。

だれもがまだなすすべなく驚きに硬直しているうち、アヤンネーとグランジカルが円盤の中央に進みでた。いまわれわれがいる重層ゾーンをなす両銀河の支配者だ。すると、たちまち鐘の音がやむ。戦士の朗々たる声は山々の高みにまでとどき、切り立った岩壁に反響して数分後にこだまとなって返ってくる。

「すべての戦士を代表して、ここに宣言する」と、アヤンネーがはじめた。「恒久的葛藤の英知によって、さらなる銀河を掌握する時がきた。忘れがたきわれらの師……アッタル・パニシュ・パニシャの名声を、宇宙にひろく深く知らしめようではないか」

アヤンネーにかわり、こんどはグランジカルが口を開く。

「暗黒空間の勢力たちが重大な決定をくだすことになった。例の異銀河に住む諸種族、本来ならばわれらの教えの英知を熱狂的に受け入れるべきなのに、そうなっていない。暗黒空間の勢力たちに派遣されたソトが無能ゆえ、任務に失敗したのだ。とはいえ、遠い銀河の生物たちをここに送りこむことには成功したため、かれらのメンタリティ研究が可能になった。これで愚鈍な者たちのあつかい方が正確にわかるというもの」

わたしは魂が凍りついたようになった。ストーカーがエスタルトゥの奇蹟についてあれほど熱烈に語ったのは、このためだったのか！　いま言及された〝異銀河〟が銀河系をさしているのは疑いない。テラナー、アルコン人、ブルー族、アコン人、そのほかすべての銀河系諸種族を、恒久的葛藤の信奉者に仕立てようというのだ。ストーカーには銀河系との交易など、はなから興味はなかった。戦士たちの布教活動に向けて地歩をかためたかったということ。永遠の戦士が説く第三の道とやらは、コスモクラートと混沌の勢力との中間にあるという。しかし、その道は血と汗と涙を意味すると、いまではわれわれも知っていた。それは絶え間ない戦いを意味する道だ。恒久的葛藤とは、恒久的な平和の不在にほかならない。この教えによって銀河系を支配下におくため、ストーカーはテラにやってきたのだ……戦士たちの唾棄すべき哲学をひろめるためだけに。

あの透明な皮膚を持つ骨生物のことは最初から信用できなかった。それでも、かれが熱をこめて自分の故郷の美しさを語るなかには、なにがしかの真実があると思ったもの。力の集合体エスタルトゥに向かいたいというヴィーロ宙航士たちの冒険欲も報われるだろうと考えていたのだ。

それがなにもかも嘘だったとは！　ストーカーは諸種族の生体パターン、すなわち生きたサンプルをエスタルトゥに送っていた。パターンを研究してそれらに合ったやり方をすれば、支障なく布教活動ができるから。なかでもわたしとロナルド・テケナーは実験用動物となってプシオン・コピイを作成され、銀河系における恒久的葛藤の広告塔にされようとしている！

こうなると、ソトが無能だというグランジカルの言葉はもうどうでもよくなる。たしかにストーカーは銀河系住民を〝永遠の戦闘〟といういまわしい信仰に帰依させることには失敗したわけだが。わたしはそう考え、苦い満足をおぼえた。とはいえ、これは感情にもとづく本能的反応で、勝利感とは無縁のものだ。ともあれ、さる者の目的はストーカーを無能と呼ぶだけにとどまらないだろう。永遠の戦士たちにはさらなるもくろみがあるはず。かれらが銀河系をあきらめることはない。次の計画はなにか？

「十二銀河の長く輝かしい歴史において、このようなことはいままでなかった」アブサンタ＝シャドの戦士アヤンネーの声が、明るく光る円盤から響きわたる。「しかし、暗黒空間の支配者たちは決定的瞬間がきたと知っている。その瞬間にふさわしい行動を起こしてくださった」

暗黒空間の勢力たち、あるいは支配者たちという言葉が出たのはこれで三度めだ。この表現にわたしはいらだちをおぼえた。いったいだれのことなのか？　エスタルトゥがその力の集合体と同じ名前を持つ超越知性体で、アブサンタ＝シャドとアブサンタ＝ゴムの両銀河が重層する宙域の奥深く、暗黒空間と呼ばれるゾーンのどこかに存在することは知っている。だが、超越知性体を複数形で呼ぶ必要があるのか？　勢力に〝たち〟

をつけるのはなぜなんだ？

とはいえ、いまは頭を悩ませているひまはない。アヤンネーとグランジカルが向かい合って立ち、まじないをかけるように両手を空に向かって伸ばした。いよいよ決定的瞬間がきたということ。なにかとてつもないことが起きる。それをひしひしと感じた。

両戦士のあいだに明るく輝くフィールドが生じる。最初は輪郭を持たない楕円形の白い光にすぎなかったが、しだいに大きくなってかたちをとりはじめ、ヒューマノイド様の姿になった。それが身を起こすと、かなりの大きさがある永遠の戦士たちのプロジェクションをも数メートル上まわるほど。光る生物の特徴的な姿勢が目に飛びこんでくる。前に伸びた頭蓋、内側に湾曲した腰、ふくらんだ胸郭、やや後方にカーブを描く両肩。ストーカーの姿そのものだ！　三角形の目には炎が燃えている。頭蓋から前方に突きでたところには口があり、なかば開いていて、恐ろしげに光る歯列が見えた。

「あらたなるソトの威光の前にひれ伏すのだ」グランジカルとアヤンネーが同時にいう。「暗黒空間の奥深くにて世界を統べる智者の洞察力に、こうべを垂れよ。かの者は時の掟にしたがい、このみじかい期間に二名ものソトをわれわれに遣わしてくださった」

群衆がちいさくざわめいた。戦士たちがみずからこうべを垂れると、周囲のざわめきはどよめきになり、ついに歓喜の叫びとなって爆発する。

新生ソトがあたりを見わたした。ぎらぎら光るその目は、群衆ひとりひとりを透視するかのようだ。

この場の雰囲気に眩惑されて流されまいと、わたしは自制につとめた。おかげで、ほかのだれも気づかなかっただろうことを目撃する。尻尾のある小生物がソトの左脚に跳びつき、おもむろに上にのぼっていくではないか。

「わが名はティグ・イアン」新生ソトは群衆の騒ぎをものともせずに声をとどろかせた。「見ているがいい。近いうちにあらたな星の島をひとつ掌握し、第三の道の英知の信奉者にしてみせよう」

小生物はソトのプロジェクションの背中に到達すると、わたしの視界から消えた。だが、またすぐに姿をあらわす。カーブを描く肩のうしろに気にいった場所を見つけておちつき、軟骨の尾をティグ・イアンの頸に巻きつけた。

どうもこちらを見おろしているようだ。小生物がにやりと笑う。その目からとてつもなく邪悪なものが発散されたように感じ、わたしは血が凍った。

それが何者だか、わかったから。

クラルシュだ。

＊

「諸君は全員、わが随行団だ」ソト＝ティグ・イアンは両手をひろげ、惑星すべてをつつみこむようなしぐさをした。「諸君および、宇宙船に乗りこんでいる勇敢な闘士たちすべて。この艦隊とともにわたしはスタートし、われらが教えの栄光をひろめるべく、銀河系と呼ばれる遠い銀河へ向かう。出動に遅滞は許されない。谷に恒星が昇る前に出発する。

　諸君の多くが銀河系の出であることは知っている。それでも諸君は十二銀河の帝国を見て、第三の道の英知に触れた。ウパニシャド学校を訪れ、試練に耐え、エスタルトゥの息吹を浴びた。きたる戦いにおいて、おおいに活躍を期待している。諸君の同胞たちは分別を持たず、恒久的葛藤の教えに全力で逆らっている。完膚なきまでに打ちのめさねばならぬ。

　栄誉が待っている。われわれは勝者でありつづける。わたしは諸君の総司令官だ。法のもとめにしたがい、服従をしめすべし。はるかな銀河にわれらのしるしを刻もう。エスタルトゥのそれに比肩しうるほどの奇蹟をつくりだすのだ。わたしことソト＝ティグ・イアンが諸君を導き、諸君に名声をもたらそうではないか。各自、宇宙船にもどり、次の命令を待て」

　ふたたび歓喜の波が巻き起こり、やがて群衆が動きはじめた。ソトが遅滞は許さないといったものだから、だれもがわれ先にと搭載艇に急ぐ。その場から動かずにいるのは、われわれ四名……スーザとルツィアンを勘定に入れれば六名……だけだ。これを新生ソトが見逃すはずはない。こちらのほうに向き、大声を出した。

「そこの者たち、なにをぐずぐずしているのだ？　きみたちがエリートだというのはわかっている。戦士のこぶしを持つのだからな。それでも、いずれにせよわが命令にはしたがってもらう」

　このとき、想定外のことが起きた。永遠の戦士の列からイジャルコルがはなれ、おちついた足取りでティグ・イアンに歩みよったのだ。その声は、とうていソトほど力強くはないものの、遠くまで響きわたった。

「力強き者よ、許可なく発言することをお許しください。あなたにひとつ、お願いがあるのでして……」

5 スリマヴォ

「しばらく通信途絶していましたが」と、コーが告げた。「つい先ほど、ふたたび交信がはじまりました。情報は混乱しており、一部に矛盾もうかがえます。ただひとつ確実なのは、あらたなソトが登場したことです」

奇妙だけど、それを聞いてもわたしは驚かなかった。この日に世界を揺るがすような出来ごとが起きるのは、ずっとわかっていたから。それがあらたなソトの登場だとしても、なんの不思議もない。でも、ソト信仰に関するわたしの知識は不完全なものだ。知っているのはただ、永遠の戦士の世界が深刻な危機にさらされたとき、あるいはとりわけ重要な使命があるとき、かならずソトがあらわれるということだけ。どこからやってくるのかは、だれも知らない。いずれにせよ、恒久的葛藤のヒエラルキーにおいて、ソトは永遠の戦士の上位者となる。とはいえ、その行動範囲はふつう、力の集合体エスタルトゥ以外の宙域だ。ソトと戦士のあいだに対立が生じてはまずいので。

「たったいまわかりました。新ソトの名前はティグ・イアンです」コーの報告はつづく。

「演説のなかで、遠い銀河に住む頑固な不信心者たちに戦いを挑むと宣言しています。その銀河の名は……銀河系！」

コーには感情をかくす習慣がない。その憤激をわたしはたしかに聞きとった。ヴィールス・インペリウムの構成要素からつくられたとはいえ、ヴィーロ宙航士たちと長くすごすあいだに、コーはわたしたちの問題を自分の問題として考えるようになっている。銀河系は自分の発祥の地であり、故郷のようなものだと思っているのだ。

わたしの場合は、事情がこみいっている。発祥の地がわからないのだから。でも、自分をテラナーだと考えることにはなんの問題もない。

意識のなかでゆっくりと、全体像がかたちになる。あらたなソトが登場し、おのれの任務は銀河系諸種族に第三の道の哲学を説くことだと告げた。〝頑固な不信心者〟と呼んだからには、容赦ないやり方でことに当たるつもりなのだろう。かれにはエスタルトゥの卓越した技術があるし、ボルダルに集結した大艦隊が護衛につくのはまちがいない。つまり、とてつもない危機が銀河系に迫っていることになる。

それにしても、ソト＝タル・ケルはどうなったのかしら？　銀河系住民に第三の道を説くという任務は、最初かれが引き受けていたのでは？　だれかの不興を買ったのだろうか？　ソトがふたり同時に存在することはありえないと、たしかどこかで聞いた気がする。ティグ・イアンが銀河系に飛ぶのなら、タル・ケルはどうなるの？

わたしったら、なにを考えているのか。いま重要なのは〝実家〟が大変な状況にあることなのに。実家……なんて不思議な響き！　実家はどこかと数年前に訊かれていたら、きっとなにもいえなかった。だけどほんのすこし前なら、たぶんこう答えていただろう……レオの幼稚園よ、と。

理性がすこしずつ働きはじめ、ひとつの計画ができあがっていく。この低温状態でも理性がまあまあ問題なく機能するなんて、本当にラッキーだ。いまや、敵のもくろみがわかった気がした。疑いの余地などないじゃない？　わたしはソト＝ティグ・イアンに引きわたされ、銀河系住民に対する見世物にされるのだ……かれがコスモクラートを支配した証拠として。つまり、わたしは銀河系まで同行するってこと。だけどコーにまかせておけば、こちらはソトのエネルプシ船や護衛艦隊よりも高速で進める。プシオン・ネットのフィールド・ラインに沿った航行がどれほど速度を出せるかは、メンターすなわち操縦士がどれだけ船の知性を理解しているかで決まるのだ。コーとわたしは親友で、ほかの表現はできないくらいだもの。銀河系に危機が迫っているとわかれば、コーは最大限に力を発揮して戦士の船に先んじようとするはず。

そう考えると、いまのところ急ぐ理由はない。ソト＝ティグ・イアンの艦隊のそばにしばらくとどまり、もっと情報を集めよう。いずれおりを見て艦隊から離脱し、先に向かえばいい。

「離脱しました」だしぬけにコーがいった。「イジャルコルの船をはなれるようです」

想定どおりだ。新ソトは戦利品を近くに置いておきたいはず。永遠の戦士十二名は力の集合体エスタルトゥにとどまり、ソト＝ティグ・イアンは単独で銀河系平定に向けた出動を指揮するのだろう。イジャルコルはわたしをソトに献上したことで、どんな見返りを手にするのかしら？

「あなたが数時間前にいっていた大型船、近くにいるのね？」と、コーにたしかめる。

「はい。現在、その船に接近中です。輸送は自動的におこなわれています。大型船のオートパイロットからの信号を受領しました。船名は《ゴムの星》……」

ごりっぱな名前だと、わたしは思った。エスタルトゥの奇蹟と同じでつかみどころがなく、嘘っぽい。響きのいい名前の奥に、銀河系すべてを奈落の底に引きずりこむ脅威をかくしているのだ。

心がざわざわする。冷凍タンクのなかで長く無為にすごすうち、ものごとは動きはじめていた。先はもう見えている。そして、わたしにはやるべきことがある。それは大それた計画だった。銀河系を救おうというのだから。

6 ロワ・ダントン

「おまえはわたしに生け捕り状態のコスモクラートを献上した者だな」新ソトは声をとどろかせた。「その働きに免じ、願いを聞いてやろう。なにをしてほしいのだ？」

「私欲にもとづくお願いではないのです、力強き者よ」イジャルコルが答える。「わたしは召喚を受けました。したがわなければなりません。それには相応の随行者が必要です」

ソト＝ティグ・イアンの顔がこわばる。わたしは息をのんだ。かれのプロジェクションは身長がゆうに二メートルあるのだ。周囲を見ると、群衆はほとんど撤退していた。搭載艇が次々にフィールド・エンジンの音を響かせて離陸し、夜空に消えていく。谷は以前と同じようにほぼ無人となった。のこったのはわれわれ六名と、ソトをふくめた永遠の戦士たちだけである。

「了解した、イジャルコル」ティグ・イアンの声だ。「おまえが軽薄にたのみごとをしないというのはよく知っている。召喚を受けた相手はエスタルトゥだな？」

「まさしく」イジャルコルはほかの戦士十一名をさししめし、「ここにいる者たちが証人です」

「かれのいうとおり」戦士たちの輪からくぐもった声があがった。

その光景はどこか非現実的で、まるで降霊術かなにかのように見えた。わたしは身震いした。人工の温風はすでにやみ、冷たい夜気がひろがっている。

イジャルコルは超越知性体とコンタクトするつもりなのだ。戦士は惑星ソムの第二衛星にある自分の居所で、エスタルトゥを探す任務に同行せよとわれわれを説得したもの。だが、いま話に出た召喚とはなんのことだろう。ロナルド・テケナーと目を合わせたが、その視線からかれも見当がつかないとわかる。イジャルコルが仲間たちを証人と呼んだ口調からは、エスタルトゥの召喚をかなりの重荷と感じているのが察せられた。とはいえ、それはソトに対して印象づけるための芝居かもしれない。

「エスタルトゥの召喚を受けたなら、したがわねばならぬ」と、ティグ・イアン。「随行者にはだれを所望する、戦士よ？」

「そこにいる者たちを」イジャルコルはわれわれのほうに腕を伸ばした。「かれらは選ばれし存在。うち二名は戦士のこぶしを保有しています。わたしがふさわしい供を連れていけば、エスタルトゥからいっそうの恩恵があるはず」

ソト＝ティグ・イアンがこちらを見た。目のなかの炎はおさまっている。クラルシュが相いかわらず肩の上にいるが、これまでひと言もしゃべっていない。その点は同胞のスコルシュとちがい、ほっとするところだ。

「戦士よ、この者たちを引きわたすのは忍びない」と、ソト。「わが計画においてもかれらが必要なのだ。銀河系で非常に役だつだろうから。しかし、おまえの懸念もよくわかる。エスタルトゥの前に出るには供が必要。その者が高位であればあるほど、エスタルトゥの態度もより好意的になろう。よろしい。こぶしの保持者二名とその随員を同行させよ。ただし、エスタルトゥ訪問を終えしだい、かならずやかれらをわが輜重隊に合流させるのだ」

「確実にあなたのもとへ送りとどけます、力強き者よ」イジャルコルがおごそかに誓う。

わたしは横にすばやく視線を送った。デメテルがしかめ面をしているが、べつに〝随員〟と呼ばれたことを気にしているわけではない。以前の呼び方にくらべたら、まだ穏当ないいまわしだから。シオム・ソムの紋章の門をあちこち放浪するあいだ、デメテルとジェニファー・ティロンはわれわれの〝情婦〟呼ばわりされていたのだ。

「わたしが必要なときに、かれらをすぐ使えるようにしておくのだぞ」ソトは脅すような声でいうと、「そのほかに同行者はいるか？」

「おお、力強き者。わが船にムリロン人が一名おります」戦士が答える。「ヴェト・レブリアンといい、あなたに贈り物としてさしだしたコスモクラートを捕まえた者です。

長くトロヴェヌールのオルフェウス迷宮に拘束されながら、自力でそこから脱出しました。それゆえ価値ある存在ととらえ、わが忠臣にしたのでして。エスタルトゥへの道行きにはかれも同行させたいと考えております」

「わたしの忍耐をためしているな、戦士」ソト＝ティグ・イアンは声をとどろかせた。「コスモクラートを捕まえられるほどの者なら、わが出動においてまたとない助力になるはず。だが今回はしかたあるまい、おまえには借りがあるのだから。では、ムリロン人も連れていくがいい。ただし、不要になったらすぐわたしのもとへよこせ」

「おおせのとおりにします、力強き者よ」

こうして儀式は終了した。すでに観客がわれわれしかいないので、ソトとその手下の退場もそれなりに地味なものとなる。輝く円盤が動きはじめ、窪地から夜空へと上昇していった。鐘も鳴らず、惑星ボルダルの夜風が吹いているだけ。円盤がちいさな光点となって闇に消えてしまうまで、われわれは目で追っていた。

「こちらはずっと軛につながれた状態ということか」テケナーが苦々しげにいう。

なにがいいたいのか、わたしにはわかった。われわれは選ばれし者といわれる。戦士のこぶし保持者には、だれもみな敬意を表する。だが、永遠の戦士や、ましてソトからすれば、独自の意志など持たないと考えて好きにできる相手なのだ。力の集合体エスタルトゥにきてからというもの、ずっとそういうあつかいを受けてきたように感じる。ただ、わたしの今回の見方はすこしちがっていた。

「われわれ、エスタルトゥのもとへ向かうのだ」と、口にする。「イジャルコルの口ぶりだと、あまり気乗りしていないようだった。われわれの立場も変わるかもしれない。イジャルコルだって超越知性体の前ではこちらになにもできまい」

ロンは疑うような目でこちらを見て、

「なんですかね、それは。預言ですか？」

わたしは肩をすくめた。

「予感とでもいうかな。イジャルコルは困難な時期を迎えている。われわれに最初のチャンスが訪れたんだ。遠慮なく行動させてもらおう」

「そのとおりになるよう祈りますよ」ロンがぶつぶついう。

かれの腰ポケットから、スーザ・アイルが顔をのぞかせた。

「ご主人がたの都合がよければ考えてもらえません？　随員たちもいっしょに」と、かぼそい声が聞こえる。「ここからどうやって先に進むか。夜じゅうずっと砂漠のなかに立ちつくしている気ですか？」

ジェニファーが手をあげる。

「この随員もそれに同意するわ。わたしたちは随員というより情婦だから、たいした意見はいえないけれど……」

それはきつい皮肉ではなく、親しみをこめた言い方だった。わたしはロンとみじかく視線をかわして意思疎通したのち、こう提案した。

「船にもどろう。《ラサト》と《ラヴリー・ボシック》が待っている。はるかな旅に出るというイジャルコルがわれわれに合流する場所は、そこ以外にないだろう？」

そう口にする前に、コンビネーションの通信システムが作動していたのだ。コーネリウス・〝チップ〟・タンタルが持ち場についたということ。

「そろそろですよ」と、声がした。

7 スリマヴォ

「スタートしました」コーがいった。

「見せて」と、わたし。

三次元映像がうつしだされた。グリーンに光るプシオン・ネット軌道のなか、近くや遠くにある銀河がさまざまな色でしめされる。凝集体あり、渦巻きあり。超新星爆発であらゆる方向に飛びちった物質が、ふたたびおちつきをとりもどす。強い重力フィールドがブラックホールのなかで縮退物質に変化し、むらさき色のハローとなって黒いちっぽけな点をとりかこむ。もちろんこの映像は現実じゃない。時空の枠をはみだしているし、縮尺もめちゃくちゃだ。ちいさなものと大きなものが同じサイズでならんでいたりする。ネットのプシオン力と思考生物の意識が相互作用した結果、こういった視覚的印象が生まれるということ。

サイケデリックな色つき渦巻きのあいだを縫って、グリーンに輝く太い筋が道路のように見える。それに沿って動く宇宙船の輪郭は、グロテスクにゆがんでいた。数百、数千、数万隻……ソト＝ティグ・イアンの艦隊だ。ふつうの神経では理解できない空間のなかを、想像もつかない速度で進んでいく。ふたたび通常宇宙に復帰したさい、出発ポイントと現ポジション間の距離および船内時計の表示を見れば、艦隊が光の数億倍の速さで進んだのだとわかるだろう。そのプロセスを思い描こうとしただけで、からだに震えがはしる。

「まっすぐ銀河系をめざしています」コーの声が聞きとれた。「超光速ファクターは三億四千三百万。この速度だと、四十二日後には目的地近傍に到達するでしょう」

目眩(めまい)がした。四千万光年の距離を六週間で翔破するなんて！　数字を口にするのはかんたんだけど、それが表現する内容は理解の範囲を超えている。こうしたことに接するたび、わたしは疑ってしまうのだ。はたして創造主は、生物がものを使ってこれほどやすやすと広大な宇宙を征服することを望んでいたのだろうか？　ひょっとしたら、プシオン・ネットは自然の構造ミスかもしれない。それに自然が気づいたとたん、すぐになくなってしまうのではないかしら。

突然、映像が消えた。コーが心配そうな口調でいう。

「だれかきますね。ソトがこちらへ向かっているようです」

愕然としたけど、予想していてしかるべきだった。ティグ・イアンが戦利品をあらためにきたということ。この瞬間、みずからヴェト・レブリアンを介してこの状況に自分聴してまわるにちがいない。

戦士のなかの戦士がコスモクラートを生け捕りにしたと、銀河系諸種族の前でさぞ吹を追いこんだことを悔やむ。ソトの目にわたしはどんな獲物としてうつるんだろう！

ソトの姿を実際に目にしても、驚くことはなかった。コーがホログラムをたくさん駆使してくわしく描写していたから。最初はストーカーと区別がつかなかったが、やがて明確な相違点があるとわかる。ティグ・イアンのほうが決然として妥協がないのだ。力強くむだのない動きで、顔には表情が見られず、まるで仮面みたい。ストーカーは感情をあらわすのに、ときに大げさとも思える表情を見せたものだけど、このソトにはそれがまったく見られない。

肩には進行役がすわっていた。コーによれば、クラルシュという名前らしい。その主人がストーカーと異なるのと同じく、クラルシュもスコルシュとはちがう。ほとんど動かないし、スコルシュみたいなおしゃべりでもない。三角形の眼窩に引っこんだ黄色い目で、わたしのいる冷凍タンクをじっと見ている。その視線が気にいらない。まるで、配られた食材を前に、どう料理しようかとあれこれ考えているような目つきなのだ。

「おおいに役だってもらうぞ、コスモクラート」ソトはタンクを一周してあらゆる方向からわたしを品定めしたのち、そういった。「だが、冷凍状態のままではだめだ。おまえはわたしに仕える身。しもべのつとめを進んではたせるよう、配慮してやる」

ソトはタンクの制御装置をいじりはじめた。ヴィールス船の技術だから、かれにとっては未知のはずだけど、なんなく操作している。冷却液の温度があがりはじめるのがわかった。たくさんある弁からガスが音をたてて抜けていく。凍って動けなかった状態がゆるみだした。タンクの栓がひとりでに開き、冷却液がポンプで排出される。循環作用によってわたしの解凍処理は急速に進み、溶けた金属みたいに熱いものが血管を流れる気がした。その痛みがおさまるまでじっと動かずにいたのち、タンクの外に出る。

ソトはわたしより頭ひとつぶん背が高かった。かといって、わたしが小柄なわけではない。身長百七十五センチで、いつも自分をのっぽだと感じるのだから。わたしは相手を見あげ、解凍処理にかかった数分間で練りあげた戦略を思い起こした。自分の役割に徹しよう。わたしはヴェト・レブリアンがいったとおりコスモクラートで、ほかのすべての者を凌駕（りょうが）する存在。ティグ・イアンの言葉など、お笑いぐさだ。

「くだらないことをいうな」と、口を開く。「わたしは何者にも仕えない。おまえが生きながらえるのは、わが興味を引くあいだだけのこと。たいしたこともなさずに名声を得たと勘ちがいする者は、やがて全銀河に隷属することになる。わたしはそれを座して見るつもりだ。用心せよ、いずれ無聊（ぶりょう）をかこつぞ。おまえのような者に同情する気は毛頭ない」

話しているあいだ、虫けら一匹を踏みつぶそうか、ただ蹴飛ばそうかと考えている人間の気持ちになった。その感情を表に向けて解きはなち、ティグ・イアンのようすを鋭く観察していると、相手がおちつかなくなったのがわかる。どうやら、新ソトは感情面が弱点らしい。これは武器として使えるかも。

ところが、この印象はちがっていたことがあとになってわかった。わたしもそう意図したわけではなかったけど。というのも、かれを最初からおびえさせるつもりじゃなかったのだ。武器がもっとも効果を発揮するのは、相手がその存在を知らないときだから。

「脅そうとしてもむだだぞ」ティグ・イアンが吐き捨てるようにいった。「コスモクラートは物質の泉の境界をこえて通常宇宙で肉体を獲得したら、力を失うはず」

「力の一部だけだ」

「おまえに本当にそれほど力があるならば、なんなく冷凍タンクから脱出できたはずではないか?」と、ばかにしたようなコメントが返ってくる。

「コスモクラートの気分というものをわかっているのか?」わたしはいいかえした。「冷凍タンクなど障害でもなんでもない。わたしは好んであのなかにいたのだ」

その言葉には確信がこもっていた……よそおった確信だけど。要するに、嘘だということ。でも、言葉の効果は失われない。

「願わくば、同じ言葉でわたしに仕えたいといってもらいたいものだな」ティグ・イアンは相いかわらず、ばかにしたような口調だ。だけど、それほど自信があるようではない。「おまえに見せたいものがある」

「先に行け」と、わたし。「なにを見せるつもりか知らないが、興味が湧いた」

明らかに相手はこの返事を予想していなかったらしい。わたしがその気になるとは思わなかったのだろう。新ソトは一瞬ためらったのち、踵を返して歩きだした。わたしもあとにつづき、ふたりして《コクーン》が収容されている《ゴムの星》の大型格納庫ホールを横切る。このフォーム・エネルギーとポリマーメタルでできた強固な壁の向こうにあるプシオン性のハイパー空間の映像を、どうやってコーがまるで戸外の宇宙にいるかのようにうつしだせたのか、わたしには謎だった。ヴィールス船の技術について知っていることはほとんどないけど、もしかしたら《ゴムの星》の通信システムからデータを盗みとって、自分の記録装置に援用したのかもしれない。

ホールの奥に転送機があった。ティグ・イアンとわたしは同時にそこを通過し、明るく照らされた細い通廊に出る。数メートル先には金属製のハッチがあって、ソトが近づくと自動的に開いた。なかは正方形の殺風景な部屋だが、明るい。どこから明かりがくるのかはすぐにわかった。四方をかこむ五メートル幅の壁が内側から輝いているのだ。部屋のすみっこに、なんに使うかわからない機器が一台あって、天井には空調シャフトの穴があいている。ほかにはなにもない。見まわしてみたが、入ってきたハッチがあるだけだ。

「ここでいったいなにを見せるというのだ？」わたしはティグ・イアンにそうたずね、わざと怒ったふりをしてみせた。

かれは軽く手を振る。すると、一見なにもない場所から、カウチに見えなくもない物体があらわれた。部屋の中央に浮遊しているそれを、ソトはさししめし、

「しばらくのあいだ、そこにすわってくつろいでくれ」と、いった。

部屋のすみにある機器がかすかな作動音をたてている。おそらくプロジェクターだ。それが浮遊カウチをつくりだし、安定させているのだろう。ティグ・イアンの要求をはねつける理由はないと、わたしは思った。何者にも侵されない上位存在をよそおう決意が、ふと子供じみた気分に負けてしまったのだ。

浮遊する家具に跳び乗った。やわらかくて気持ちいい。快適なベッドに横たわることなど、もうずいぶんなかった。目を閉じて眠ってしまいたいと、あたりまえのように思う。

ハッチの開く音がした。ソト＝ティグ・イアンが出ていこうとしている。天井の空調装置からしゅうしゅうと音がして、不思議な香りがあたりに満ちた。

「さて、自分の力がどれほどのものか、知るがいい」

ソトの侮蔑的な声が聞こえたあと、ハッチが閉まった。おかしい。なにかトリックをしかけられたはずだけど、ちっとも脅かされている気がしないのだ。ほっとして気分が

よくなり、天井から流れてくるアロマを思いきり吸いこむ。すると、意識のなかに奇妙な考えが生まれた。突然、敬意をしめしたい欲求をおぼえたのだ。

だれに対して？　そう自問したけど、答えは浮かんでこない。怒りを感じた。

自分には使命がある。それにしたがわなければならない。したがうべく準備してきたのに、使命の中身を忘れるとは。〝忘却は恥ではない〟という言葉が頭をよぎった。守るべきは名誉だ。

わたしは混乱していた。こうした考えは心地いいし、非常に論理的とも思える。だけど、それが自分自身の考えでないことはわかっていた。外から強制されたものだ。

〝あらゆる生物の本質をなすのは葛藤である。知性体は戦いの場においてのみ、おのれの存在意義を見いだす〟

なぜ、こんな考えを論理的で納得できるものと感じているのかしら？　数分前にこんな話を聞かされていたら、ばかげてると大声で笑っていただろう。だけどいまは、本当に天啓のように思える。もっと早く、この考えにいたるべきだったのだ。

〝永続するものは三つだけ〟と、声なき声がわたしの脳の中心でいう。〝それは服従、名誉、戦い……〟

わたしは叫び声をあげた。突然、自分になにが起きたか知ったのだ。起きあがりたいけど、からだがいうことを聞かない。危険に気づいたとはいえ、もう遅すぎる。空調シャフトから聞こえるかすかな音。さっき感じとった不思議な香りの正体がなんなのか、ようやくわかった。

意識を蹂躙されたということ！　自分ではけっして思いいたらないような思考を植えつけられたのだ。防御もできないまま、悪魔のガスに神経と筋肉を麻痺させられてしまったのである。失神したとき、わたしは安堵感さえおぼえていた。

＊

最後の最後で事実関係に気づいた、その状況がわたしを救ったのだろう。頭のなかでは思考や感情が荒れ狂っていて、怒りをおぼえ、戦闘欲が高まっていた。だけど、なにと戦うのか、だれを相手にすればいいのか？

カウチから滑りおりる。そのとき、記憶の最初の断片がもどってきた。ほんのすこし前、同じことをしようとしなかったか？　そうできなかったのは、筋肉をまったく動かせなかったからでは？　天井を見あげてみる。空調シャフトには動きがなく、しゅうしゅうという音も聞こえない。振りかえると、カウチも消えていた。すみにあるプロジェクターも作動音がしない。

いっぺんに、すべてがはっきりした。ソト＝ティグ・イアンはわたしをここに誘いこみ、法典ガスを吸わせたのだ。五メートル四方のこの部屋は、悪名高きダシド室にちがいない……戦士やウパニシャド学校の教師、戦士カルト集団の優秀な生徒たちはそこに入り、〝エスタルトゥの息吹をのみこむ〟という。法典分子で正気が毒されてしまった状態を、かれらはそう呼んでいた。

ハッチへと歩いていきながら、自分の心の内側を探ってみた。わたしの見た目はテラナーだけど、体組成や、なかでもメタボリズムは地球人類と大きく異なる。ガスの毒が理性を混乱させたのは感じるが、すくなくともさしあたり、ある程度はまともに考えられるようだ。助けが必要だとわかったのだから。コーなら助けられるかもしれない。法典ガスに自由意志を完全に奪われる前に、ヴィールス船のもとに行きつかなくては。

ハッチは自動的に開いた。わたしは走りでたけれど、足もとがおぼつかない。ソト＝ティグ・イアンの姿は見えなかった。たとえコスモクラートでも、肉体を持つからには法典ガスの毒に抵抗できないと確信しているのだろう。ここにきたときに使った転送機を見つけ、格納庫ホールにもどる。《コクーン》の特徴的な輪郭が見えたときにはほっとした。ティグ・イアンがかくしカメラでこちらを監視していようと、盗聴装置で聞いていようと、かまうものか。わたしは思いきり大声で叫んだ。

「コー、助けて！」

なんと、テラ語で叫んでいた。まだ頭がクリアだという証拠だ。いくら戦士のなかの戦士だって、たったふたつの言葉から一言語体系を再構築して、こちらの意図を解読するのは容易じゃないはず。コーは声で返事することなく、船殻に開口部をつくりだした。わたしはそこに跳びこみ、ぼんやり照明された通廊に迎えられた。理性が混乱してくる。意識が最後の力を振り絞って法典ガスの作用と戦っている。よろめきつつ通廊を進んでいくと、コーのやさしい声が聞こえた。

「こちらへ。助けられますよ、血清があるから」

血清！　その言葉に頭蓋を射ぬかれたような気がした。イルミナ・コチストワが開発した特効薬だ。法典ガスの作用を中和するもので、ロワ・ダントンとロナルド・テケナーも持ち歩いている。この貴重な物質を、わたしはこっそり少量だけ確保し、コーに保管させておいたのだ。よりによって自分がこの拮抗薬を使うはめになるなんて、そのときは想像もしていなかった。

よろよろと制御室に入る。

「それでよろしい」と、コー。「好きなところに寝なさい。あとはこちらにまかせて」

なにがなんだかわからない状態だったが、コーの指示どおり、その場にどっと倒れた。そうするしかない。脚がいうことを聞かないのだから。目もほとんど見えないけど、卵形の小型ゾンデが三つ飛んできたのがわかる。どこからきたのだろう。自由にできるヴィールス物質ののこりを使って、コーがつくりだしたのか。銀色に光るちいさな物体がわたしの上を滑るように動き、頭のまわりで円を描く。しずくが霧状になり、きらきらと降りそそいだ。知性体の理性が法典ガスの有毒作用と戦うための、唯一の手段である。その作用のしかたは、想像していたのとはちがった。吐き気がして、喉が詰まったようになり、口の中にいやな味がこみあげてきた。わたしが身をよじると、コーはいった。

「リラックスして。いちばんいいのは眠ってしまうことです」

わたしはまたコーのいうとおりにした。そんなの、ちっともむずかしくない。まぶたがひとりでに閉じる。レオとかれの幼稚園のことを考えると、心のなかにとても幸せな気持ちがひろがった。吐き気もおさまり、本当に眠りこんでしまう。でも、最後に頭に浮かんだのは〝わたしともあろう者が、眠るよりましなことはできないの？〟という思いだった。

＊

二度めの覚醒は一度めよりひどかった。方向感覚がなく、自分がどこにいるのか見当がつかない。自船の制御室のなかだとわかるまでに、ほぼ一分かかった。床に寝転んでいたが、からだを起こそうとすると目がまわる。何度かためしてみて、やっとのことで起きあがった。

ただ、直近の出来ごとについては、なんなく思いだせる。ソト＝ティグ・イアンに誘いだされ、ダシド室へ連れていかれた。よく考えたら、そうと気づいて早めに警戒するべきだったのに……従者に対する戦士のあつかい方については、ヴェト・レブリアンだけじゃなく、ロワ・ダントンやロナルド・テケナーからも聞かされていたのだから。法典ガスの危険性は知っていたし、大型船にはかならずダシド室があって、そこで地位やほかの理由によりふさわしいとみなされた者がエスタルトゥの息吹をのみこむこともわかっていた。だけど、コスモクラートの役を完璧に演じようとするあまり、友の忠告を忘れてしまったのだ。そんなわけで、ティグ・イアンから法典ガスを浴びせられて失神した。でも、意識をとりもどしたとき、コーに助けをもとめるくらいには、まだ抜け目なさがのこっていた。コーが強力な血清を投与してくれて、わたしは吐き気をもよおしたけど、本当に吐いてしまう前に眠ることができたのだった。

記憶には穴はない。それはたしかだ。けれど、思考をきちんと組み立てることも、ついさっきの出来ごとを映像で思いだすことも、とてつもなくむずかしい。まるで脳に粘性の液体が満たされていて、思考回路がきわめて緩慢にしか働かない感じなのだ。なにかがおかしいけど、それがなんなのかわからない。コーに問い合わせると、

「さだかではありませんが、あなたの場合、テラナーとは血清の効き方が異なるようですね」と、答えがあった。

説明にはなっている。なかばぼうっとした状態で、わたしはそう思った。自分はたしかにテラナーではない。外観はそう見えても、まとっている肉体は未知の産物だ。冷凍

タンクのなかで生きのびられるテラナーはまずいないだろうけど、わたしはなんともなかった。でも、ある意味では利点だったことが、反対に欠点ともなるわけだ。テラナーが血清を使って法典ガスの影響を抜いた場合、一時的に離脱症状に苦しむことはあっても、それ以外の後遺症はのこらない。これに対し、わたしの場合は血清で理性を乱されてしまうのだろう。わたしは驚愕した。もしもソト＝ティグ・イアンにもう一度ダシド室に引っ張りこまれたら、いったいどうなるのかしら。法典ガスの作用に身をゆだねることになるか、あるいはふたたび血清を投与された結果、正気を失ってしまうか。

「これ以上はわからないわ、コー。わたし、どうなっちゃうの？」

「もっとも危険な要素は明らかにティグ・イアンです」船は答えた。「かれを避けなければなりません。あなたのいまの状態に効く薬は船内には見あたらない。症状を緩和するくらいはできますが、本格的に治すには、異生物治療の設備がある医療クリニックへ行かなくては。たとえば惑星タフンへ。ティグ・イアンが危険なのは、あなたがまだ法典の英知を信じていないと気づいたとたん、躊躇なくふたたび毒にさらそうとするだろうからです。かといって、もう一度わたしが血清を投与することもできませんし」

わたしは明るく照らされた制御室にあてどなく視線をはしらせ、冷凍タンクの円錐形の輪郭に目をとめた。コーもこちらの考えを読んだらしく、

「それもひとつの手段ですね」と、いった。「またタンクのなかに入り、ソトにはっき

り伝えるのです。なんらかの理由をつけて、しばらくのあいだ冷凍状態にもどる必要があると。法典ガスのせいで不調におちいったと説明してもいいかもしれません」

「そんなこと、かれは信じないわよ」わたしは提案を却下して、「ほかになにか方法はない？」

「いずれにせよ、あなたは《ゴムの星》を離脱するつもりでした。なぜ、いまそうしないのです？」

「銀河系にもどるなら情報がほしいと思ったの。新ソトに関することを、わかるかぎりギャラクティカーたちに伝える必要があるから。わたしが……」

「まずなにより、健康をとりもどさなくては」コーが割りこんできた。「まともに考えられないほど理性が混乱した状態では、あなたの情報も役にはたちません」

コーのいうとおりだ。それでもまだ、どうするか決められなかった。いまのところ、不快ではあるけど、憂慮すべき状態とまではいえない。ソトから逃れることさえできれば、もっとデータを集められるんじゃないだろうか。

ところが、それ以上頭を悩ませる必要はなくなった。まったくべつの方向から決断がくだされたのだ。突然、コーがいう。

「コースが変更されました。べつの目的地に向かっています」

「なぜ？」わたしは驚いた。「どういうこと？」

「まだわかりません。ソト＝ティグ・イアンがなにかプシカムを受信したので、じきに詳細がわかるでしょう。ちなみにコース変更は大規模なものでなく、差はほんの数度。あらたな目的地は銀河系にいたるルートのなかばほどにある一銀河で、船載コンピュータのデータによると、戦士たちはヴィラメシュと呼んでいます。テラの天文学ではNGC3627と呼ばれ、しし座のなかにあります」

ぼやけた頭では、これらの情報をゆっくりとしか理解できない。それでもわたしはじりじりして、食いさがった。

「もっと説明してよ。なぜティグ・イアンはコースを変更したの？　ヴィラメシュでなにをする気なの？」

「おちついてください」コーがたしなめる。「あらゆるチャンネルのデータを同時に入手することはわたしでもできません。こちらの計略を《ゴムの星》のオートパイロットに見ぬかれたら、情報遮断されて元も子もなくなります。おや！　まとまったデータが入ってきました。小規模で未確認の一宇宙船団がヴィラメシュの南方境界に飛来しています。どうやら、しばらくそこに逗留するようです」

「どうしてそんなものがティグ・イアンの気を引いたのかしら？　小規模な宇宙船団なんて、どの銀河でも見つかるでしょうに」

「プシカム・メッセージの組み立て方が問題なのです」と、コー。「永遠の戦士しか使わない形式で暗号化されていますし、解読されたものはソタルク語の平文でした。メッセージはかなり遠くから発信され、一部にひずみがある。これはプシ・フィールドのノードを何度も通過したせいだと思われます。そうしないと遠距離通信はとどかないので。メッセージはヴィラメシュの方向からきており、ティグ・イアンはソト＝タル・ケルが送ってきたと考えたのかもしれません」

「メッセージの内容は？　なんて書いてあるの？」

「一語ずつ解読中です。あまり多くの単語は使われていません。いまのところわかるのは、〝ヴィラメシュ南縁の七十隻を探せ。エスタルトゥに近づけたくないものを積みこんでいる〟と……」

「その七十隻よ！」わたしはもう、こらえきれなくなった。いやな予感がする。「いったいどこからきたの？　どんな形状か、説明は？　早く教えて！」

「あなたがそんなに興奮したところで、わたしより早く情報を手に入れることはできないのですよ」コーが叱るような口調でいう。「形状ですか？　それについて発信者はなにもいっていませんが、映像データを送ってきました。これです」

制御室の中央にホログラムが生じた。最初はぼんやりして不完全なものだったが、コーが《ゴムの星》の通信網から追加の映像データを入手してはめこむ。グレイだった背景が黒になり、未知の星々が浮かびあがった。プロジェクションのつくるキューブをつらぬいて、乳白色の星群がはしっている。疑いなく、ヴィラメシュ銀河の主平面に見られる恒星凝集体だろう。そこにあらたな詳細が見えてきた。ちいさな断片が、しだいに宇宙船のかたちになる……なんだか、まるで不可視の存在がいま組み立てている最中みたいだ。遠近法のせいで数キロメートルしかはなれていないように見える。奥のほうには同じタイプの船がほかにもあった。

わたしは思わず息をのんだ。あの特徴的な楔型船なら、知りすぎるほどよく知っている。数百年も前にテラナーが、深淵の騎士のかつてのオービターから拿捕したものだ。いま目の前にあるのは、宇宙ハンザの部隊のなかで最大級のカラック船にちがいない。あまりに映像が鮮明なので、金色に輝く文字で船首に書かれている船名まで読みとれそうな気がした。

「テラナーだわ」わたしは当惑しながら、「ヴィラメシュでなにをする気かしら？」

「宇宙ハンザのハンザ・キャラバンではないかと」コーが推測する。「おとめ座銀河団、すなわち力の集合体エスタルトゥに向かっているようです。ヴィラメシュはその途中にあるため、中継ポイントにするのでしょう」

映像が消えた。わたしは必死に思考をめぐらすけれど、なかば麻痺した頭では情報を処理するのがむずかしい。ティグ・イアンの考えたとおり、受信したメッセージがストーカーからのものだとしてみよう。なぜ、ストーカーはそんなメッセージを送ったのか？　かれにとって、ソト＝ティグ・イアンは敵じゃなかったの？　あるいは、もともとまったくべつの相手に送ったメッセージだった？　いや、それはありそうもない。いまこの時間、ほかのだれがエスタルトゥから銀河系に向かっている？　ほかのだれに、ヴィラメシュ南縁でテラ商船七十隻を探せと忠告したりするかしら？　カラック船はなにを積みこんでいるの？　十二銀河を支配する存在にとって、商船団を途中で捕らえなくてはいけないほどの危険を意味するものとは、いったいなに？　さらに、それほど恐ろしい積み荷なら、なぜストーカーはキャラバンの出発を最初から阻止しなかったんだろう？

疑問につぐ疑問をくりかえしたのち、最後はひとつの考えが前面に出てきた。テラの大型船七十隻が危機にある。十万人を超える要員たちの命があやぶまれているのだ。どう考えても、ソト＝ティグ・イアンがかれらを穏便にあつかう理由はない。あぶない積み荷があるのなら、攻撃するまでだろう。ソトのほうが優勢だ。数のうえでというのではなく、技術的な面で。

かれらを助けなくちゃ。このさい、自分の不調は二の次だ。ハンザ・キャラバンに警告しなくてはならない。

「どうすればうまくティグ・イアンから逃げられるか、答えが見つかったみたいね」と、わたし。

「あなたがそういうと思っていました」コーが応じる。

「この格納庫から出るのは大変かしら？」

「問題ありません。あなたが自立して考えられるようになったとは、ティグ・イアンは予想していないでしょう。われわれへの見張りはかたちだけですし、エアロック・メカニズムもさほど複雑なものではない。操作パターンはわかっています。数分後にはスタートできますよ、あなたがそうしたいなら」

「そうしたいわ」迷いなく答えたところで、ある思いが浮かぶ。「うまくいくにせよ、いかないにせよ、どれくらい迅速に行動するかにすべてかかっているのよ、コー。わたしたち、ソト＝ティグ・イアンよりずっと前にヴィラメシュ南端に着いてなくちゃいけない。そうしてもらえる？」

ヴィールス船の声には重々しい響きがあった。

「わたしの力のおよぶことなら、よろこんでそうしましょう。ティグ・イアンよりずっと前にヴィラメシュに到着しますよ」

8　ロワ・ダントン

閑散としていた。赤い砂漠のボルダル上空に浮かぶ宇宙船はわずか三隻。《ラサト》と《ラヴリー・ボシック》、それに永遠の戦士イジャルコルの星形船だけだ。

ヴェト・レブリアンはわれわれのもとにいる。すっかり沈みこんでいて、話もしない。ひとりでいたいらしい。かれがなにを考えているのか、全員が知っていた。スリマヴォの件が思ったとおりに運ばなかったのだ。かれは、イジャルコルが約束どおりスリを解放するものと信じていたのに、戦士はそうはせず、少女をソト＝ティグ・イアンに引きわたした。ティグ・イアンがコスモクラートを生け捕りにしたと思いこんでいるのはまちがいないが、戦利品をどうする気なのかは、だれにもわからない。

ヴェト・レブリアンは目標を半分しか達成できなかったわけだ。たしかに、われわれとともに超越知性体のもとへ行く権利はあたえられた。かれの同胞は〝系統プロジェクト〟といううさんくさい政策のもと、強制的に新ムリロンに移住させられている。本当にエスタルトゥの出迎えを受けられれば、この冷酷なゲームに終止符を打てるかもしれない、種族がこうむった不当な仕打ちを埋め合わせてもらえるかもしれないと、レブリアンは考えたのだ。そうした恩赦を受けたことなどなく、エスタルトゥだけが決定権を持つと聞いて、不確実な希望をたのみにスリマヴォを犠牲にしたのだという。〝犠牲にした〟とはレブリアン自身の表現だが、スリにとってはそれほどドラマティックな話ではないとわたしは思っている。あの子は自分で自分の面倒をみられるはず。スリに忠実な《コクーン》のサポートがあれば、深刻な事態にはなっていないだろう。

われわれは折りをみてイジャルコルの船と通信連絡をとり、めざすポジションの座標を《ラサト》と《ラヴリー・ボシック》に転送した。それによると、目的地は惑星エトゥスタル……暗黒空間の最奥部にあるグリーン恒星をめぐる唯一の惑星らしい。

グリーン恒星と聞くと、わたしはいつも疑ってしまう。恒星の表面温度を綿密に分類したなら、いわゆるプランクの法則において、グリーンという色がスペクトルで優勢になることはありえない。これまでに見たグリーン恒星はたいてい、放射光を人工的に操作されていた。エトゥスタルへの道のりに危険があることは、われわれも警告を受けている。どういう類いの危険なのか、細かく知らされてはいないが、超越知性体のことだ。許可なき訪問者にわずらわされないよう、あれこれ防衛処置を講じているだろう。

イジャルコルとみじかい言葉を……もちろんプシカム経由で……かわしたとき、わたしは奇妙な印象をいだいた。かつてあれほど自信に満ちていた戦士が、意気消沈しているように感じたのだ。ほとんどおびえているといってもいい。この道行きが困難なものであるのはたしかだし、エスタルトゥから呼びだされるのもけっして楽しいことではないだろう。だが、いったい惑星エトゥスタルでなにが待ち受けているのだろうか。

わたしは新ソトに同行して急ぎ銀河系をめざす十万隻の部隊に危機感をおぼえ、不安をいだいていた。むろん、宇宙船の数じたいに脅威を感じる者はいない。十二戦士のいずれも、一定数の要員をソト＝ティグ・イアンの輜重隊に参加させるよう割りあてられており、ソト艦隊の要員は十二銀河の星々に応じてさまざまに異なる。銀河系諸種族が団結しているかぎり、宇宙船十万隻など深刻な脅威ではない。しかし、〝旧ソト〟がどれほど予備工作をしたかわからないのだ。ストーカーは無能呼ばわりされていたが、だからといって、銀河系に法典信者の拠点が絶対に存在しないといいきれるだろうか？それがソト＝ティグ・イアンにとって第五列の役目をはたし、ギャラクティカーの防衛システムを内側から弱体化させてしまうのでは？　おまけに、戦士艦隊は技術的優位にある。銀河系ではエネルプシ・エンジンやプシカムについても、ハイパー空間のプシオン要素に関する知識を使ってなにができるかも、まだあまり多く知られていない。銀河系文明が迅速に学ぶ能力を持つことは立証されているから、敵の知識を奪ってその優位に比肩することもできるだろう。だが〝迅速に〟とは、どの程度か？　新ソトは充分な時間をあたえてくれるのか？　それとも、かれが銀河系を嵐に巻きこみ、技術的に劣る者たちの抵抗をあっさりかたづけてしまうのか？

わたしはスリマヴォに希望を託した。なにが危険にさらされているのか、彼女は知っている。冷凍タンクから脱出して拘束を解く手段を見つけだすだろう。彼女と《コクーン》の意思疎通が良好ならば、ヴィールス船はあらゆる力を奮い起こし、ソトの艦隊に追いつく速度を出すにちがいない。ソト＝ティグ・イアンより先にスリマヴォが目的地に到着したなら、ギャラクティカーは準備時間を稼ぐことができる。そうすれば、厚顔な新ソトの攻撃を防いで追いかえすチャンスが生まれるというもの。

驚くことはまだあった。ソト艦隊の最後の一団が出発してから数時間後、《ラヴリー・ボシック》司令室のプシカムが自動的にオンになったのだ。

「遠方からのメッセージです」と、船の声。

同時に、新ソトの等身大のホログラムがあらわれた。身長二メートル。顔は硬直し、ほとんど無表情だ。黄色い目でこちらを凝視しているので、ほんの一秒間、わたし個人に連絡してきたのだと思いこんだ。それが誤りだったとすぐに悟ることになるが。

「時はきた」ソトが口を開いた。「エスタルトゥが諸君を迎える準備を完了した」

イジャルコルがこう質問するのが聞こえた。

「スタート命令をくだされるので、力強き者？」

「そうだ」ティグ・イアンがきっぱりいう。

上にいる。

「わが助言によってな！」クラルシュが声を張りあげた。いつものごとく、ソトの肩の

わたしは驚いた。これまで進行役はほとんどしゃべらなかったのに、なぜ、よりによってこの機会を狙って発言したのだろうか？　それも、これほど挑発的な口調で？ティグ・イアンの反応を見て、ますます考えさせられた。首をまわし、進行役をじっと見つめてこういったのだ。

「かれのいうとおりだ。クラルシュはわたしによき助言をあたえてくれる」

「そのために進行役がいる」侏儒はだみ声で、「われわれがいないと、ソトはなにもできない。われわれが助言し、意のままにあやつり、制御している。宇宙はすべて……」

そこで映像が消え、突然おしゃべりになった進行役の声も聞こえなくなる。このときわたしは、かれの言葉についてあれこれ考えはしなかった。頭に浮かんだことをべらべらしゃべるスコルシュに慣れていたから。同胞のクラルシュがそうじゃないという理由があるだろうか？　侏儒のおしゃべりを真剣にとらえておけばよかったと、わたしがはっきり気づくのは、もっとずっとあとのことになる。

しばらくして、イジャルコルが連絡してきた。

「ソトの命令を聞いたな」と、おごそかに告げる。「出発だ」

9　スリマヴォ

逃げだすのはたいして問題なくできた。もちろん《ゴムの星》の自動制御システムはエアロック・メカニズムの予定外の動きをすぐさま記録したけど、ソト＝ティグ・イアンが反応したのは一分ほどたってからだった。その理由はいまでもわからない。もしかしたらソトは、法典ガスを浴びた者がかれの意志に逆らうなど、本当に想定していなかったのかもしれない。

追跡がはじまったときには、コーはとっくに次の飛行段階にうつっていた。船がたのもしく着実に加速してハイパー空間を疾駆するにつれ、プシオン・ネットのようすが不気味に変化する。グリーンに光る複数のエネルギー・ラインが、はるか遠くにある一点をめざして密集するみたいに見えた。まるで、底のない巨大な漏斗(ろうと)のなかに落ちていくようだ。

あっという間に艦隊から遠ざかった。小型艇の一団が平行にならんで向かってくるのがわかる。追っ手だろう。でも、こちらと同じく艦隊から遠ざかっているとはいえ、ならない。半時間後には艦隊が視界から消え、その数分後には追っ手も見えなくなった。《コクーン》との差は大きくなるばかり。悪いけどコーは有能だから、あんなの相手に離脱成功ということ。ラッキーだ。

だけど、それ以上の幸運は授からなかったらしい。数日後にはヴィラメシュ銀河の南側の渦状肢に到達し、離脱当初からコーが集めたデータをもとに、ソト艦隊に対するリードは七十ないし八十時間と計算できた。だけど、

「この数字は楽観的に計算しすぎたかもしれません」と、コーが釘を刺したのだ。「われわれがプシカムを解読し、ハンザ・キャラバンに警告するためにやってきたことをティグ・イアンが知れば、あらゆる手段を使ってここに急行するでしょう」

問題はそれだけじゃない。キャラバンを構成する宇宙船七十隻がいる宙域はある程度はっきりしたとはいえ、それでもここには数千万個の恒星がある。運を天にまかせて当てずっぽうに捜索するなんて愚の骨頂だ。ハンザ船にはプシカムがない。ソトに注意するよう、ハイパー通信経由で呼びかけられればいいのだけど。そう思っていたが、何度やってもハイパー通信が受信されたようすは見られず、応答もないままだった。ハンザ・キャラバンがこちらの誠意を疑って、自分たちの現ポジションを知られたくないと思っているか、通信シグナルがとどいていないか、どちらかだろう。

後者だという可能性もまったくないわけじゃない……ハイパー通信の到達範囲が限定

されて失敗したということのないよう、《コクーン》はあちこち移動し、捜索範囲をすべてためしてはみたのだが。というのも、この宙域のどまんなかにとてつもなく強力な五次元放射体が存在するのだ。前代未聞といっていいほど活発なハイパーエネルギー性スペクトルを持つ一恒星。その放射がこちらの送信データに重なることで、シグナルがとどかないのかもしれない。

それは変光星で、変光周期は十三時間、光度の振幅はぎりぎり一等級だ。典型的なこと座RR型変光星なので、コーが竪琴(たてごと)を意味する〝リラ〟という名前をつけた。すこしでも通信障害を減らすため、船はできるだけリラから遠ざかるようにする。

だけど、そう考えたのはまちがいだったとわかった。成果のない捜索に貴重な時間の半分を費(つい)やしたのち、ついにコーがこういったときのことだ。

「相手が本当にこちらのシグナルを受けとれないのだとしたら、もしかするとリラのすぐ近くにいるのかもしれません」

「なぜ、そんなことを？」わたしは当惑して訊いた。「五次元放射体は危険だし、ハイパー通信がいっさい遮断されてしまうのに」

「そんなことはまったく気にしていないはずです」コーはそういったあと、「かれらがここで、いったいだれかからの知らせを待つと思いますか？」

それでひらめいた。作戦変更して、リラ宙域に飛ぶことにする。いつのまにか、ヴィラメシュ銀河の南縁に到達してから五十時間が過ぎていた。コーによれば、関係ありそうなプシカム・チャンネルをすべて駆使してソト艦隊のシグナルをうかがっているというう。プシオン世界のエーテルはいまのところ静寂に満ちているけど、いつ状況が変わってもおかしくない。ソト＝ティグ・イアンが近づいていると、わたしは感じた。

五時間のあいだ、これまでどおりに呼びかけをつづけた。

「こちらヴィールス船《コクーン》のメンター、スリマヴォ。ハンザ・キャラバンを捜索中。ハンザ・キャラバン、応答せよ」

状況は絶望的だった。わたしたちはいま、リラから八光年はなれたポジションにいて、この距離を半径とする想像上の球に沿って移動している。コーが手のこんだやり方で精いっぱい雑音を除去しても、受信機からはぱちぱちという音がするばかり。表示装置を見れば、変光星がいかに強い放射を出しているかわかる。時間のむだだと、わたしは思った。これほどのハイパーエネルギーに、従来型の送信機では太刀打ちできない。〝もう無理よ、やめましょう〟と、コーにいおうとしたまさにそのとき、ぴーというかすかな音がして、ひずんだ声が聞こえてきた。ひどい雑音でほとんど聞きとれないけれど、たしかに人間の声だ。

「スリマヴォ……ここ……変光……第二惑星……」

それ以上は理解できないが、こちらが知りたいことはわかった。コーのいったとおり、キャラバンは本当に恒星リラの近くにいたのだ。第二惑星か。すこし前にコーが遠距離探知したので、リラに惑星がふたつあることはわかっている。コースが決まった。数分ののち、《コクーン》はプシ空間を出て外惑星の周回軌道に実体化。

探知映像がぎらぎら光っている。リラの放射による妨害作用はとてつもなく、ヴィデオ・スクリーンには稲妻がはしっているようにしか見えない。それでも、コーの性能は有機生物の視力をはるかに超える。強烈な稲妻のなかに七十のリフレックスが動かずにいるのをたちまち確認し、映像を変化させた。妨害作用が中和され、ハンザ船の姿が点のかたちではっきり、わたしにも見えてくる。

「こちら《コクーン》のスリマヴォ！」と、感きわまって叫んだ。一瞬、血清の副作用でぼうっとしていた意識が明晰になる。「応答して。キャラバンの指揮官はだれ？」

それがキイワードとなったのだろうか……世界の終焉を意味するキイワード。コーが警告の言葉を発した。

「注意……！」

それ以上はいえなかった。なにもないところから、大型ヴィデオ・スクリーンが物質化したのだ。ハンザ船からの応答かと思ったけれど、わたしに……われわれ全員に……語りかけてきたのは、まったくべつの存在だった。きびしい不動の表情を浮かべて立つ長身の男。その背後には未知装置で埋めつくされた船の司令室が見える。新生ソト、ティグ・イアンだ。

ソトはハイパー通信で語りかけてきた。宇宙ハンザの船にプシカムがないことを知っているのだ。おまけに、インターコスモを使って！　かれほどの能力があれば、未知言語もあっというまになんなく習得できるということ。教師役にはことかかない。かれの輜重隊にはギャラクティカーが一万二千名以上いるのだから。

「第三の道の名において申し立てる」と、声がとどろいた。「十二銀河帝国につづく道を通ろうとする不届き者はだれか？　名乗りでるのだ！　エスタルトゥの支配圏でなにをするつもりか、指揮官は説明せよ」

大型スクリーンの上がちらちらした。映像が変化するのかと思ったが、ソト＝ティグ・イアンの姿はまだそのままだ。黄色い目が挑戦的に光っている。だけど、本当にそうかしら？　わたしの目の錯覚か、ぼやけた意識がそう見せたか……それとも、実際に背景が変化している？　ハンザ船には何度も乗ったことがあるから、司令室のようすはよく知っている。ティグ・イアンがいたずらをしかけているのでないなら……いったいこれはどういうこと？

「こけおどしのくせに聞いてあきれる！」と、受信機から声がした。「おのれを飾りたててソトを演じ、宇宙で漁夫の利をせしめようとしているのは、どこのだれか？　わたしはソト＝タルル・ケル、唯一無二のソトだ。申し開きしろ、ぺてん師め！」

わたしはあまりに混乱したため、両者が大声でかわす言葉のバトルについていけなかった。ただ、ソト＝タル・ケルがソト＝ティグ・イアンをぺてん師と呼び、返す刀でソト＝ティグ・イアンが〝支配者勢力たちの名において〟ソト＝タル・ケルを糾弾（きゅうだん）すると責めたことだけはわかった。あと、意識のどこかで気づいたことがある。スコルシュとクラルシュ、どちらの進行役も論戦には参加せず、いつになくおとなしい。

ハンザ・キャラバンをひきいていたのがストーカーだったとは！　頭がくらくらする。こんな事態が起きるなんて、いったい銀河系でなにがあったのだろうか？　かつてホーマー・G・アダムスとストーカーが親しい仲だったことは知っているけど、どちらも相手に主導権をわたしたくないと思っていたはずだし、できるだけ自分が有利になるよう画策していた。アダムスがストーカーにハンザ・キャラバンの指揮をまかせるなんて、ありえない！

＊

論争がつづくあいだ、わたしは周囲を見わたしてみた。ソト＝ティグ・イアンの艦隊がリラ宙域に実体化している。力の集合体エスタルトゥを構成する十二銀河から集めた艦船十万隻が、球状フォーメーションをつくっていた。その直径は第二惑星の周回軌道とほぼ重なる。ハンザ・キャラバンと《コクーン》は包囲されてしまった！　ティグ・

イアンがちいさなヴィールス船に気づいたようすはまだないけど、いつ向こうの検出機器がこちらを発見し、逃げたコスモクラートが包囲網のなかにいると知られるかわかったものではない。この瞬間、タル・ケルとティグ・イアンの争いがどうなろうと、わたしにとっては関係なくなった。

かくれ場を探さなければ。それも、いますぐに！

わたしは受信機のスピーカーの音をさげ、船の知性に話しかけた。

「コー、キャラバンに合流するわ」

「いずれ戦いがはじまりますよ」船の知性が警告する。「そうなれば、キャラバンは劣勢です」

「いまは反論しないで。どこかにかくれなくちゃ。わたし、もう二度とソト＝ティグ・イアンに捕まりたくないの。大型カラック船を掩体にとるしかないわ。それからのことはあとで考える」

「了解しました」と、コー。「スタートします。だれにも気づかれないよう、ゆっくりと慎重に」

わたしはほっと息をついた。ヴィールス船が信頼できることはわかっているから。ところが、安堵感は長くはつづかない。コーがふたたび、

「状況が変化」と、告げたのだ。「ソト艦隊も動きだしました。球状フォーメーション

が縮まりはじめています。われわれとハンザ船団を第一惑星のほうへ押しやるつもりです」

＊

そこは地獄惑星だった。リラは最小期に近づき、放射が弱まっているとはいえ、恒星に向いている側の地表温度は摂氏百八十度だ。放射が最強のときは六百度に達するだろう。この第一惑星を〝ゲートウェイ〟と名づけることにした。わたしにとって入口になるわけだから……自由への入口か、あるいは地獄への入口か。ゲートウェイは薄い大気を持つが、その組成はいまもわからない。もちろんコーが分析してみたのだけど、やっぱりだめだった。でも、だからってだれが気にする？　外に出たらどっちみち、有機体は防護服がないと動けないんだから。

《コクーン》は険しくそびえる巨岩の影にいる。空は黒に近い濃いむらさき色で、星がいくつか見えた。巨岩の反対側の水平線上に、円板のような恒星の四分の三がかかっている。リラは未来永劫このポジションに位置するのだ。干満作用により、ゲートウェイが母星に向ける面はつねにいまの側になる。

ここに着陸したのは一時間前のこと。ソト＝ティグ・イアンの艦隊に押しやられたため、そうするしかなかったのだ。一条のビームも発射されることはなかった。ソト艦隊が砲火を開く必要なんてない。力で抵抗しても無意味だと、ハンザ船の乗員たちもわかっていたから。

「かたをつけてやる」ソト＝ティグ・イアンはそういってストーカーを脅した。

だけど、それ以来なにもいってこない。コーがマイクロゾンデを送りだしたので、探知スクリーンでソト艦隊を見られるようになった。艦船が梯形の密な層をつくり、ゲートウェイ上空に展開している。その包囲網からはネズミ一匹さえ抜けだせないだろう。戸外のぎらつく恒星光のなか、岩がちのひろい大地に宇宙ハンザの七十隻が着陸していた。動くものはなにもない。みな、ソト＝ティグ・イアンの次の一手を待っているのだ。ストーカーも沈黙している。敵の圧倒的優位を前にして、大言壮語もむなしく消えてしまったのだろうか。

わたしも黙ったままでいた。いまのところ《コクーン》がティグ・イアンに見つかった気配はない。むやみに通信で呼びかけると、かえって気づかれてしまう恐れがある。それは避けたかった。だいいち、だれに呼びかけるというの？　ストーカーに関わる気はないし、ここにはキャラバンに警告するためにきたわけだけど、それはもう手遅れだ。ハンザ船の積み荷がなんなのか、知りたい気はするけれど、好奇心を満足させるためだけにリスクをおかすわけにはいかない。

自分がどうやってティグ・イアンから逃げおおせるつもりなのか、この時点ではまだわからなかった。目下の状況は絶望的に思える。コーも同じ意見だ。動きがあるまで待つしかない。とにかく、キャラバンになにが起きるのか見ておかないと。宇宙ハンザはヴィラメシュでの状況を知りたいと思うはずだから。

興奮したおかげだろうか、この数時間は理性が目ざめ、ふだんのように行動できていた。だけど待機状態におかれたいま、また無気力と自信喪失感が襲ってきて、血清の影響が作用しているのがわかる。コーに安定剤を投与してもらい、身体的不調は消えたけど、頭はぼうっとしたままだ。ごくかんたんなことでさえ、理解するのがむずかしい。たとえば、

「だれかきます」

コーがそういったときも、同じ言葉をくりかえしてもらってようやく、スクリーンに注意をうながされているのだと理解できた。ゾンデの送ってくるデータがモザイク映像になり、空間全体の四分の一をうつしだしている。映像の上端に、飛行物体が一機あらわれた。かなりの速度で惑星地表に近づき、ここから二キロメートルもはなれていない岩の大地に着陸する。やっとわかった。《ゴムの星》の搭載艇だ。

驚いたとはいえ、その驚きがぼやけた頭にひろがるまで時間がかかる。ソト＝ティグ・イアンがやってきたのは、わたしの責任を追及するため？　搭載艇のハッチが開き、ソトが出てくるのが見えた。艇をはなれるにつれ、そのからだが大きくふくらんでいき、

不自然なほど巨大な姿になる。内側から輝いているようだ。シャント戦闘服に似たコンビネーションを身につけている。球形ヘルメットをかぶっているが、継ぎ目ひとつない透明素材のため、特定の角度から見ないとその存在がわからない。装飾のないコンビネーションは、まるで無防備な印象をあたえる……たとえば、戦士イジャルコルの卓越した鎧がひと目で強力なものだとわかるのにくらべたら。だけど、エスタルトゥの技術が提供できる個人用戦闘手段をあのシャント・コンビネーションがすべてそなえていることは、疑う余地もない。

もちろん、高性能通信システムだってそなえているだろう。わたしはその声を、当然ながらラジオカムの受信機を通して聞いたのだから。なのに、ソトの力強い声が岩の大地に響きわたったような気がしたのだ。

「タル・ケル、にせもののソトよ！　かくれ場から出てこい。わたしと決闘する名誉をあたえる。本来なら、おまえなど星々のあいだに葬り去られるべきなのだが」

わたしは理性が見た印象を処理できる範囲で、可能なかぎりすばやくヴィデオ・スクリーンに目をはしらせた。ストーカーはどのカラック船にいるんだろう。不安な時間がつづいたのはわずかで、やがて一隻の大型船で動きがあり、ちっぽけな姿がハッチから出てきた。浮遊しており、着地はしていない。そこへ、ソト＝ティグ・イアンがまっすぐ近づく。

ストーカーもやはりシャント戦闘服を着用していた。ティグ・イアンと同様、進行役は連れていない。みずからの意識だけで敵に対峙している。

「どちらが星々のあいだに葬り去られるべきか、すぐにわかるだろう」と、声を張りあげた。「わたしこそ唯一無二のソトで、おまえはぺてん師。戦闘開始だ！」

そこではじめて、いかに両者のあいだに差があるか気づいた。ストーカーはプロジェクターを使わず、本来の大きさのままだ。なにが狙いなのだろう？　闘技場で実際の姿より大きく見せるという戦士の古くさいトリックは、意図的に使わないということ？　それとも、かれの戦闘服にはそうしたプロジェクターが装備されていないのか？

＊

ゾンデのおかげで、決闘の一部始終を観戦できた。戦闘手法はウパニシャドの教えにもとづくもの。つまり、あからさまな武器は使わず、肉体の力と熟練の技のみで戦う。両者とも、十メートル跳躍して跳びかかるとか、数秒のあいだ空中に浮かぶとかいう場合はシャント・コンビネーションの装備をあれこれ使うが、相手に次々と攻撃をくりだすときには武器を用いない。

最初は互角の戦いだった……奇怪な決闘というしかないけれど。身長二メートルのストーカーに対して、ティグ・イアンは五メートルを超える大きさなのだから。おまけに、内側から輝いている。とはいえ、恐怖を呼び起こすような敵の姿にもストーカーは動じない。輝く肉体も巨大さも、プロジェクションにすぎないと知っているから。

やがて、戦況が変化していった。ストーカーの戦い方は計画的で、決まった手順にしたがって巧みに動き、けっして度を失わない。それに対してティグ・イアンのほうは、いきなりテンポをあげた。これまで温存していた力をいっきに出したように。つむじ風のようなすばやい動きで、目がついていけないほどだ。ストーカーに襲いかかり、防御態勢に追いこむ。どちらのソトも、はじめは同じように戦った。まるで動物みたいだ。古代テラの恐竜さながら、おたがいに嚙みつき合う。恐ろしい牙の威力を最初に見せたのは、ティグ・イアンのほうだった。ストーカーの肩をくわえ、シャント・コンビネーションの生地を歯で大きく嚙みちぎる。

これで勝負は決したと、わたしは思った。どんな有機体生物も、たとえソトでも、この地獄惑星の環境のなかでは数秒しか生きられない。ストーカーの防護服には穴があいている。灼熱が肌を焼き、希薄な空気は肺を満たすことができないだろう。もうおしまいだ！

ところが、いまや劣勢は明らかだというのに、ストーカーは驚くばかりのしぶとさを見せた。もう敗戦は避けられないと自分でもわかっているはず。それなのに……いや、だからこそ……かれは最後の力を振り絞り、虎のごとく防戦した。相いかわらず計画的な戦い方とはいえ、その計画はとっくにティグ・イアンに見ぬかれている。それでも、ますますひどくなる敵の攻撃にしぶとく抵抗する姿は、まさに英雄めいていた。もしかしたら、より高い目的を追求しているのかと思わせるくらいに。

だけど、それもむなしく、ストーカーは文字どおり完膚なきまでにティグ・イアンにやられてしまった。防護服がぼろぼろになり、布きれが飛びちる。それでもなお、かれは戦いつづけた。むきだしになったストーカーのからだに、ティグ・イアンは鉤爪を立てた。

おのれの勝利を確信したソト＝ティグ・イアンは、だれが見てもわかるとおり、早く決着をつけたがっていた。高くジャンプすると、相手に体落としを見舞う。身の毛のよだつ光景だ。鉤爪と牙がストーカーのからだに食いこみ、引き裂き、嚙みちぎる……

ついに、そこには合成肉体の山と人工体液の海がのこるだけとなった。これら残骸のまんなかに、金属の卵みたいなものがひとつある。異恒星のぎらつく光を浴びて、奇妙な輝きを見せる金属卵。

それは、ソト＝ティグ・イアンが敵を粉々にしたとき、でこぼこの地面にのこされていた。脇にすこし転がると、たいらな場所でとまり、何回かゆらゆらしたのち、動かなくなる。

ティグ・イアンも脇に足を進めた。これまで以上の戦いをもとめるかのように、からだを揺らしながら目をかっと開き、敵の残骸を凝視している。プロジェクターをオフにしたのか、たちまち通常の大きさにもどった。からだの輝きも消える。

「だまされた」と、うなり声を出した。「そうじゃないかと思ったのだが、これではっきりした」

すばやく身をかがめて金属卵をつかむと、人間の想像力では計算できない渾身の力をこめて、遠くへ投げ飛ばす。卵は赤熱する岩にぶつかって数メートルはねあがり、転がったあと、ふたたび動かなくなった。

だれかの声が、ばかにしたように響きわたる。その声を知っているのはわたしだけだ。

「これからもっとだまされることになるぞ、ソト＝ティグ・イアン」

その光景から目をはなせなかった。ティグ・イアンがからだをまるめたまま、立ちつくしている。ふたたび金属卵に襲いかかり、完全に破壊したいと思っているかのように。いっぽう卵のほうは、恒星光が照りつけるなか、なにごともない風情でそこにあった。鋳型からとりだされたばかりみたいに、まったく無害に見える。

「アンソン・アーガイリス……」わたしはつぶやいた。

＊

それからどうなったのだろうか。意識のかたすみで、ソト＝ティグ・イアンが搭載艇に乗りこんだことと、艇がスタートしたことはわかった。大声でののしり、脅し文句をならべ、命令を出したのも聞こえる。だけどわたしは、灼熱の岩の地面でしずかに動かない金属卵だけをただ見つめていた。

数分間もそうしていたにちがいない。やがて、コーが話しかけているのに気づいた。わたしは視線を無理やり映像からはなし、たずねた。

「なぜ、アーガイリスはあんなことを？　どうしてストーカーのマスクをつけたりしたの？」

「いまとなってはもう、どうでもいいと思いますよ」コーの声はやさしい。「重要なのは、ソト＝ティグ・イアンが艦隊を撤退させはじめたこと。われわれも急いで出発したほうがいいでしょう」

「ハンザ船団はどうなるの？　あっさり見殺しにしろってこと？」

「よく考えてください」と、コー。「あれほどの規模と力があれば、自分たちでなんとかできるのではありませんか？　われわれの出る幕はありません。キャラバンとコンタクトをとろうとしたら、われわれ、どうしたって見つかってしまいます」

「でも、アンソン・アーガイリスは……」

「かれはほぼ無敵です。もっとひどい目にもあってきましたし」

それでもわたしはためらっていた。しばらくして、コーがいう。

「あなたの気持ちもわかりますが、これ以上は待てません。出発しなければ。指示がなくてもそうします。ただし、それはすべてあなたのため」

映像が動きはじめた。コーが船を操縦しているのだと、ぼんやりした頭でかろうじて理解する。ヴァリオ＝５００の卵形本体がちいさくなっていき、最後はぽつんと光るしみになった。コーがマイクロゾンデを船内にもどしたので、広角拡大映像は通常観察モードにおきかわり、卵の姿も消えた。

コーは地獄惑星のあらゆる掩体を注意深く利用しながら、岩がちの地表を慎重に操縦していく。やがて明暗境界線をこえ、夜の側にもぐりこんだ。わたしは機器類の表示を、補正手段を使わずに見てみた。すぐ近くで奇妙なハイパー現象が起きているような値だ。だけど、リラが強力な五次元放射体であることを考えたら、いたってまともな数値だといえるだろう。

「上空にはなにもありません」コーがいった。「ソト艦隊のほとんどは発進しました。運がよければ、五千キロメートル上空でプシ・ネットのひとつに入りこめるでしょう。そのあとは、だれにも追いつかれることはありません」

反論はしない。コーを信頼していたから。わたしの理性は混乱していて、まわりで起きていることをうまく把握できなかった。

映像が急に変化したのがわかる。グリーンに光るプシオン・ネットのフィールド・ラインが、わたしたちを迎え入れたのだ。快適な速度で航行しているように思える。これにはびっくりだけど、わたしの思いちがいかもしれない。

ところが、数分たつとプシオン性ハイパー空間の映像は消え、銀河の星々ひしめく宇宙空間がふたたびあらわれた。コーになにか考えがあるらしい。

「どういうこと？」わたしは訊いた。「なぜ、ここに実体化したの？」

「見せたいものがあります」コーの返事だ。「わたしはあなたに対して百パーセント正直ではありませんでした。情報をかくしておく必要があったのです。そうしないと、あなたが逆上してしまう恐れがあると考えたので」

大型ヴィデオ・スクリーンの画面に動きがあった。まんなかにある恒星はリラだ。しだいに視野がせまくなり、どんどん拡大度があがっていくにつれ、まるでリラに墜落するような感覚をおぼえる。

「われわれはいま、リラから六光月はなれています」と、コーが説明した。「だから、ここに見えているのは探知・走査データをもとに合成した映像です。そのほうが、目下リラ星系で起きていることをしめすのに好都合なので」

二惑星が見えてきた。ぎらぎら輝く円板のようなリラは画面のすみに移動していき、撮影技術によってゲートウェイに焦点が合う。

「ソト艦隊からは逃れることができました」コーはつづけた。「艦船は逆方向に向かっています。ただし、まだ一隻だけリラ星系にのこった船がある。《ゴムの星》です」

わたしはにわかに不安をおぼえた。コーがいまから見せようとする映像は、よろこばしいものであるはずがないから。見るのが恐い。プロジェクションが静止して、地獄惑星ゲートウェイが画面のまんなかにあらわれた。人間のこぶしくらいの大きさだ。漆黒の宇宙空間のなか、ちっぽけな光点が浮かんでいるのがわかる。《ゴムの星》にちがいない。

「ソト艦隊が撤退しはじめたとき、なぜハンザ・キャラバンがすぐにスタートしなかったのか、考えつきませんでしたか？」

コーに質問され、そういえば……と、思った。けれど、ぼやけた頭では、それ以上どうすることもできない。

「どうしてキャラバンはスタートしなかったの、コー？」胸がざわざわする。

「できなかったのです」コーの答えだ。「《ゴムの星》がパラメカ性のエネルギー・フィールドをつくりだし、キャラバンの着陸場所に放射しています。その影響で船のエンジンが動かなくなりました。それでスタートできず……いまも動けずにいるのです」

「でも、だったら《コクーン》は……？」

「この船のエンジンは作動原則が異なるので、パラメカ性フィールドの影響は受けません」

「それなら、なぜここに……」

わたしの全身を震えがはしった。なにかとんでもないことが起きた予感がする。

「いまから、ある録音を聞かせます」コーが冷静な声でいう。「十分ほど前、ソト＝ティグ・イアンが搭載艇で惑星を去ったすぐあとに発した内容です」

ティグ・イアンの声が聞こえてきた。

「おまえたちを法典冒瀆による第一級の罪に問うものとする。こともあろうにソトのマスクを製作するとは、法典の教えを理解することも、その英知を受け入れることもないという証拠。くわえて、危険な荷を積んでいる。わが義務は、おまえたちをけっしてエスタルトゥのもとへ行かせないこと。法典を冒瀆した者が罰をまぬがれることはない。わたしはそれを全宇宙に知らしめるべく、おまえたちを格好の例として見せしめにするつもりだ。今後けっして、不道徳な輩（やから）が邪悪な計画をたくらむことのないように……」

「かれ、なにをする気？」わたしはパニックになって大声をあげた。

「まだわかりません」と、コー。

ソトの声がやむ。スクリーンで《ゴムの星》が浮かんでいるところに、鮮やかなオレンジ色の光がはしるのが見えた。それがどんどんひろがり、惑星に向かって落ちていくと、まるで液体のように地表全体に降りそそぐ。それでも光りつづけた。ついに、ゲートウェイ全体がオレンジ色の光るマントにつつまれたようになる。

「あれはなんなの、コー？　教えて……」

「分析不能」船はいった。「わたしの知識と使える装置類をもってしてもできません。未知のエネルギー形態だと思われます」

「でも、あそこには人間がいるのよ！　何万人も。十万人以上かもしれない！　かれらはどうなるの？」

こんどはコーは答えない。それで突然、わたしにもわかった。最悪の事態が起きたのだ……もっとも恐ろしいことが。ソト＝ティグ・イアンはハンザ・キャラバンを殲滅した。あのオレンジ色の光はかれらの死を意味する狼煙であり、墓標の灯火なのだ。

わたしの意識はこれに耐えられない。悲鳴をあげようとしたのはおぼえている。涙がどっとあふれたことも。喉が詰まったようになり、胸が張り裂けそうな痛みを感じたことも。

それから突然、なにもわからなくなった。意識のスイッチが切れたのだ。

＊

わたしはずっとコーに腹をたてていた。意識不明だった二日間が過ぎて、気がついたときには、ただ怒りとともに記憶がよみがえってくる。それはまるで、ゲートウェイの恐ろしい映像を早く一掃したいという防衛メカニズムが脳内で働いているようだった。

わたしはコーを嘘つきと責めた。ハンザ・キャラバンは自分たちで身を守れると信じこませて、わたしをゲートウェイから遠ざけたのだから。ハンザ船団に死の危機が迫っているとわたしが知れば、なにがなんでも地獄惑星をはなれないだろうと、わかっていたにちがいない。

「わかっていました」と、コーはおちついて答える。「そうしたとして、なにができましたか？　あなたもいまごろ死んでいた。わたしだって存在していません」

「そんなの、危機にある人々を見殺しにする理由にはならないわ」と、怒っていいつのった。

「それがいちばん正当な理由ですよ」コーが反論する。「他者を助けることができないなら、せめて自分の身だけでも守りなさい」

そういわれても納得できない。銀河系への長い道のりを進むあいだ、こうしたやりとりを百回以上くりかえした。そうして、すこしずつではあるけれど、コーのいうとおりだとわかってくる。ハンザのギャラクティカー宙航士たちを助けることは、わたしたちにはできなかっただろう。ゲートウェイにのこったところで意味はない。わたしの怒りは感情の動きとともにおさまっていった。理屈は役にたたない。

航行は数週間つづき、わたしの理性は比較的まともな状態から、霧がかかったようにしか周囲のことを認識できない状態へと変化していった。コーが五回も話しかけないと気づかないこともままある。このぼんやりした頭では、ものごとをほとんど関連づけて考えられない。おそらくそれも、コーとの喧嘩が長くつづいた理由だろう。

ソト＝ティグ・イアンとその艦隊については、見かけることも聞くこともなかった。《コクーン》の速度を考えたら、とっくに追いついているはずだ。コーによれば、ヴィールス船はティグ・イアンより六日か七日前に目的地に着くという。

それから、コーがプシ空間を出る時がやってきた。

漆黒の宇宙空間を背景に、輝く巨大渦巻きがひろがる。見える範囲のすみからすみまで、数千億という星々に埋めつくされていた。

「美しい眺めです」コーがおごそかにいった。「しかし、この光景が美しいからあなたに見せたわけではありません。ここならプシカムの到達範囲内だと知らせたかったのです」

わたしの意識は数時間前からすこしまともになっていたけれど、混乱の影がまた近づいているのを感じる。それに襲われると世界が暗くなり、トランス状態になって、現実と非現実の区別すらつかなくなるのだ。でもこのときはまだ、コーがなにをいいたいのか理解していた。メッセージを発する潮時ということ。

「わたしがかかわりにやりましょうか？」船がたずねる。

「いいえ」と、拒否した。「これはわたしの仕事だから」

「送信機の準備はできています。メッセージをどうぞ」

影が襲いかかってきた。銀河系の映像がちらつき、流れてひろがったと思うと、ふたたび溶け合う。

よりによっていま、こんなふうになるなんて！　自分自身に腹がたった。うまい文句が浮かんでこない。結局、こう切りだす。

「こちらヴィールス船……全ギャラクティカーに告ぐ……アンソン・アーガイリスひきいるハンザ・キャラバン……七十隻……NGC3627……エスタルトゥからきた非常に強大な敵艦隊に殲滅された……」NGC3627で合ってるのかしら？

もうそれ以上は言葉にならなかった。なにを話しているのか、自分でもわからない。混乱の影が、その鉤爪でわたしを捕らえたのだ。

10

ソト＝ティグ・イアン

法典の掟が実行され、冒瀆者は罰を受けた。これでもう、かれらも第三の道の聖なる教えにそむくことはあるまい。わたしに刃向かってきた偽のソトは、惑星ごと封印した。そのままそこで、のこる生涯をすごすことになる……飢え死にするか、あるいは寿命がくるまで。アッタル・パニシュ・パニシャよ、あなたの意志はしめされた！

ところで、ちいさなコスモクラートはどうしたか？　きっと逃げおおせたと信じこんでいるのだろう。地獄惑星を封印する直前に去ったところを目撃されたとは、夢にも思っていないはず。

コスモクラートの目的地は、彼女が銀河系と呼んでいる銀河だ。そこの住民にわたしのことを警告する気でいる。わたしは彼女をまた捕まえることはしなかった。なぜか？彼女はけっしてわたしから逃げられないからだ。われわれの道は銀河系でふたたび交差するだろう。

彼女は変光星をめぐる惑星でなにが起きるか見ようとして、途中で一度とまった。おそらく、わたしが七十隻の船もろとも地獄惑星を殲滅したように見えたはずだ。銀河系に着いたら、そのことを報告するかもしれない。パニックと衝撃が巻き起こり、わたしは仕事がしやすくなる。オーグ・アト・タルカンよ、ご照覧あれ！

星々をめぐる陰謀

ペーター・グリーゼ

登場人物

ジュリアン・ティフラー……………………自由テラナー連盟（ＬＦＴ）のもと首席テラナー
ニア・セレグリス……………………………ティフラーの恋人
ホーマー・Ｇ・アダムス……………………宇宙ハンザの最高責任者
スリマヴォ（スリ）…………………………ヴィシュナの具象
モンタファス…………………………………アラス。パラ心理学者
ジジ・フッゼル………………………………シガ星人。生物学者
コマンザタラ…………………………………謎の女性植物
ティグ・イアン（スティギアン）…………新ソト
タル・ケル（ストーカー）…………………旧ソト
スコルシュ……………………………………ストーカーの進行役

1

二百八十日。そのあいだずっと、ジジ・フッゼルの神経は孤独感にさいなまれていた。この人知れぬ惑星では昼夜の交替サイクルがいくぶんみじかいので、標準時間に換算すると二百日ほどだが。

日にちを数えることはとっくにやめていた。ヴィールス・ゴンドラに訊いてたしかめたりもしない。コマンザタラが謎を呈(てい)したまま消えて以来、ジジはひとりぼっちだ。あの不可思議な女性植物は、最後の夢を語り終えたあと姿が見えなくなり、二度ともどってこなかった。

ジジはいまでも、コマンザタラがどこか近くにいると思っている。とはいえ、はっきりした手がかりはなかった。もと《エクスプローラー》複合体のセグメント一二三四、《クォーター・デック》の事故で死んだ友人たちのこともときおり考えるけれど、自分以外にカタストロフィを生きのびた乗員がいるかもしれないと期待するのはすでにやめていた。

ジジが不時着した惑星には名前がない。もう名前で呼ぶことはやめたのだ。話をする相手もいないのだから。ただの惑星、それでいい。

コマンザタラはなんの説明もなく消えてしまった。シュプールすらのこさずに。シガ星人の住居洞穴には、女性生物が根を張っていた土が一カ所にかためられてある。それを墳墓にしようかと、ジジは一度ならず考えたものの、そのたびに却下してきた。あきらめてはだめだ。完全降伏しないためにも、最後の生存者がいることを信じつづけなくては。

惑星は自然の恵みが豊かだった。ジジは生物学者だから、そこでとれるベリー類や果実が自分のからだに合うかどうか容易に調べられる。ヴィールス・ゴンドラの装備は貧弱ではあるが、かんたんな毒性試験くらいは実行可能だ。

最初に予想したよりは気候がおだやかなので、この点でも心配ない。動植物相が攻撃的になることはめったになく、身長十八センチの女シガ星人を脅かすものもなかった。

難船者となったヴィーロ宙航士にとってただひとつの困難は、孤独感だった。この惑星がシオム・ソム銀河にあることはわかる。数千光年の範囲にほかのヴィーロ宙航士たちが大勢いることも知っている。コマンザタラが白昼夢のなかで教えてくれたから。だけど、ヴィーロ宙航士のだれかが偶然この無人惑星に立ちよるなんてことは、まず考えられない。そんな幻想は捨てるしかなかった。

シオム・ソムの実際の大きさは知らないが、たとえ銀河系よりちいさいとしても、だれかが偶然やってくるのを待っていたら数百万年が過ぎてしまうかもしれない。

ジジがたよれるのはちいさな個人用の飛翔機、ヴィールス・ゴンドラだけだ。破壊された《クォーター・デック》由来のヴィールス物質でできている。エネルギーの備蓄はまだ充分ある。とはいえ、それもいつかは終わりがくるだろう。

この寒々しい孤独から救われたいという希望はもう、いだくべくもない。

十日に一度は、バスタブ形のゴンドラで外を飛行した。果実を収穫し、水の容器をいっぱいにしておけば、次の飛行時までぶじに住居洞穴で暮らすことができる。いまは温暖期のため、洞穴内の水が涸れているから。

いま、ジジはちいさなラボで作業しながら、あることをずっと考えている。ここ数日、その考えが頭からはなれないのだ。いつも最後は行きづまってしまうのだが。

コマンザタラがいなくなったのは、洞穴のなかだと充分な水が確保できないと思ったから？　それが失踪の理由なのだろうか？

ある日、彼女はよりひろい範囲を飛行しようと決めた。心の内にあらたな不安が生まれたからだ。胸騒ぎといってもいい。二日以上、洞穴を留守にすることになるだろう。

夜明けとともに出発した。

聞こえるのは、ヴィールス・ゴンドラの通常通信装置がたてるかすかな雑音だけだ。たとえ睡眠中でも、受信機はつねにオンにしている。それでも、長い孤独な時間にシグナルをとらえたことは一度もない。送信機の到達範囲はわずか数キロメートルなので、使っても無意味だった。

ヴィールス・ゴンドラはシガ星人の音声命令にしたがって、住居洞穴の下にあるひろい谷の上空から川に向かった。ジジは気の向くままに進行方向を変え、昇る朝日と反対側をめざす。数分後には植生のすくない場所に出るはずだ。この惑星に着いた最初のころ、一度だけ行ったことがある。

〈もっと右!〉なにかが頭のなかでささやいた。

「また例の幻聴だわ!」ジジは悪態をつく。このごろ、自分の反応をじっくり観察するようにしているのだ。孤独による精神的ストレスのせいで、いずれ脳がおかしな働きをするようになると思っていたから。

それでも、ヴィールス・ゴンドラにこの指示を伝えることにした。そうすれば、下意識を早くなだめられるだろう……と、生物学者でポジトロニクス技師でもある彼女は考えたのだ。

〈まだ右!〉

頭のなかだけで聞こえる声なき声に折れて、ジジはふたたび指示を出した。目の前に岩山が立ちはだかっている。ヴィールス・ゴンドラは自動的に高度をあげた。

〈それで正しい方向〉

下意識の声を追いはらおうと、ジジは頭を振った。すると実際、おちつきがもどってくる。集中して周囲の状況を観察してみた。

このあたりには植生がまったく見られない。ヴィールス・ゴンドラの表示によると、機内温度は一定のままで快適だが、外気温はつねにさがりつづけている。

深い峡谷が下にあらわれた。ジジは床の一部を透明にして、手つかずの自然の美を堪能することにした。

険しい山々のあいだを、ゴンドラはどんどん下降していく。最初に見えていた、雪と万年氷におおわれた山脈の頂上が、はるか遠くになる。

「こんなになにもない場所で、いったいなにをする気なの？」ジジは考えを声に出した。

「だれがわたしをここに連れてきたのかしら」

〈わたし！〉

ジジは頭をかかえた。いまのは本当に自分の下意識から出た声？　それとも、精神崩壊が迫っているのか？

ラボの装備を使って健康状態をチェックしてみた。しかし、おかしなところは見つからない。心拍数がやや高いが、それは興奮のせいだろう。

「Uターン！」と、命じる。「洞穴にもどる」

ヴィールス・ゴンドラは飛行をストップし、すぐに方向転換した。あたりまえだが、機はいつだって彼女の指示に従順にしたがう。今回もそうだ。

ところが、べつの側から抗議の声があがった。

〈もどってはだめ！　ここにきて。時間がない〉

「だれがしゃべってるの？」ジジは小声でつぶやき、みずからの内に耳を澄ませる。なにも聞こえない。

「ストップ！」と、ヴィールス・ゴンドラに命令。

それから、周囲を見わたした。

両側には氷の山がそびえ、白い山頂に朝日が輝いている。なにも変わったところや目を引くものは見あたらない。

自分の意識流を調べてみようと思い、医療ゾンデを頭部につないだ。多少の痛みをともなう処置だが、二回くりかえして徹底的に検査する。それでも、通常の値(あたい)しか表示されない。

〈飛行をつづけて！〉

ふたたび声が聞こえたわずかのあいだ、見ると装置の表示値がはねあがった。だが、声がやんだとたん、もとどおりになる。

戸外からの作用？　それとも、わたしが断片的に狂っているの？

このだいじな質問に、はっきりした答えは返ってこない。だが、論理的に考えたら、あんな声を生成するような装置が戸外にあるはずはない。

〈とてつもないことが起きる。それはわれわれの救いを意味する。すみやかに行動を〉

〝われわれの〟救い？　われわれって？

わたしのほかに、だれかいるってこと？

「コマンザタラ？」ジジは声に出して訊いた。

返事はない。

「わたし、どうすればいいの？」

ヴィールス・ゴンドラの知性はわずかなものだが、これを自分への問いかけととらえたらしく、こういった。

「質問の意図が不明です」

「お願いだから黙って」額に汗が浮かぶのがわかり、ジジは医療ゾンデの端子をはずした。たちまち気分がよくなる。

〈飛行をつづけて！〉未知の声が鋭く、せっぱつまった感じになる。〈われわれにとり、最後のチャンスだから〉

それでもジジは数秒間なにもせず、自分の状態をクリアにしようとつとめた。結局できなかったが、ようやくある決心にいたる。わたしには失うものなどない！　この要請にしたがわない手はないわ！

ジジ・フッゼルはヴィールス・ゴンドラに、もとの方向をめざすよう命令した。機はおとなしくしたがい、ふたたび上昇していく。やがて、氷の岩壁がしだいに密集してきた。

〈もっと左！〉

「もっと左へ」シガ星人がくりかえす。

下に広大な氷河があらわれた。恒星光が氷面に反射して、虹色にきらめいている。

〈あなたが見えた！〉

氷河の上にひとつ、黒っぽいちいさな染みがあるのがわかった。ジジは染みに向けてゴンドラを操縦する。そこでは周囲五メートルの氷が灰褐色になり、そのまんなかに全長一メートルほどの、みすぼらしい物体が貼りついていた。

シガ星人は息をのんだ。

まちがいない。コマンザタラだ！　だけど、あのすばらしい植物がなんと変わりはててしまったことか！

氷と同じ灰褐色で、以前よりかなり大きい。弱々しくしおれ、凍っていた。

かつての輝く色合いはどこにもない。頭部はぐったりと脇に垂れている。濃いグリーンの革に似ていた四枚の葉は氷河に翻弄され、すり切れたようになって、ほとんど跡形もない。

「外に出なくては」ジジは躍起になっていった。「寒さから身を守るものが必要だわ」

「ちいさな個体バリア・フィールドを展開しましょう」ヴィールス・ゴンドラの提案だ。

「機内を暖かい空気で満たしておきます」

ジジはバリアが張られるのを待ってから、キャノピーを開いて外へ出た。氷の上をかなり苦労しながら歩いてコマンザタラの近くに行き、

「わたしの声が聞こえる?」と、干からびた植物のほうにパーラフォンを向ける。この装置が女性植物の半テレパシー音声を増幅し、聞きとれる言葉に変換するのだ。

「聞こえます、ジジ」すぐに返事があった。「きてくれてありがとう。あなたをその気にさせるのはかんたんじゃなかったけれど、でもまにあった。まだ時間はある」

「どうしてこんなことをしたの、コマンザタラ?」と、思わず口から出た。「なぜいなくなったの? こんな死ぬほど寒い場所でなにをしていたの? どうやって助ければいいの? あなたは大きすぎてヴィールス・ゴンドラには入らないわ。どうしたらいいかわからない」

「わたしは生まれ変わる」枯れかけた植物はかろうじて聞きとれる小声で答えた。

「生まれ変わる？」ジジはうめき声をあげ、「だれが見たって、いまにも終わりがきそうよ」

「すべての終わりは、あらたなはじまり」コマンザタラの言葉は神託のようだ。「自分で理解できるよう、的を絞って考えてごらんなさい。いまのわたしは本来の姿とあまりに異なる」

「なぜ、そうなったの？」

「たぶん、自分がこの惑星のものではないから。わたしがいた世界とはすべてが異なっている。どんな世界だったか、正確にはわかりません。あまりに前のことなので。時がくれば思いだすでしょうが」

「どれくらい前のこと？」

「五万年かもしれないし、五千年かもしれない。ただ、それはいま重要ではありません。われわれの救出について考えないと。わたしを暖かいところに連れていってください。それから、カタストロフィを待ちましょう。それで脱出が可能になる」

「連れていくのは無理よ。大きすぎるわ。あと、あなたのいうことが理解できないんだけど」

　コマンザタラはすぐには答えなかったが、すり切れた葉の一枚が茎からはなれて地面に落ちた。そこはヴィールス・ゴンドラの暖気によって氷が溶けかかっている。薄い水の層のなかでしなびた葉が溶解し、黒っぽい粥（かゆ）のようになって一面にひろがると、氷のなかに沁みこんだ。二枚めの葉も同じ場所に落ち、この奇妙な現象がくりかえされる。三枚めも最後の一枚も同じ運命をたどった。

「わたしは死なない」コマンザタラがつぶやく。「死ねない。永遠に探しているものを見つけるまでは」

「なにを探しているの？　同種のパートナー？」

　ちいさな笑い声が聞こえた。

「いいえ。わたしは近い未来の夢をみました。たくさんの種族を乗せた大艦隊が、あなたの故郷銀河からエスタルトゥをめざす夢。それは強いけれど同時に弱い、ある奇妙な生物の夢です。名前はスリマヴォ。この惑星の出身ではない。わたしが一度行ったことのある場所からきたのでもない。彼女はその艦隊が殲滅（せんめつ）される夢をみたのです。きたる現実のショックがわたしのなかに息づいている。スリマヴォがわたしのなかで生きている。この精神的結びつきがあるため、カタストロフィがスリマヴォの思考のなかだけでも現実のものになったら、その数秒でわたしはここから遠ざかり、彼女の近くへ飛ばされるでしょう。あなたのことも連れていきたい。たとえ、わたしがふたたび子供になるのだとしても」

「悪いけど、コマンザタラ」ジジはほとんど絶望的になっていた。「なんのことやら、さっぱり理解できないわ」

「地面を見ていて！　わたしのことが見えるから。このしぼんで凍てついたからだが枯れはてても、わたしは生きつづける。連れていってください。あとは待つだけ。ただし、けっしてわたしのそばをはなれないように。カタストロフィの瞬間、われわれはいっしょでなくてはなりません」

「もうすこしわかりやすく説明してもらえないかしら」シガ星人は文句をいった。

コマンザタラはこの批判になんの反応もしない。頭部のしなびた花がかたむいたと思うと、かつてむらさき色だった茎からはなれ、ぱしゃんという音とともに氷上の薄い水の層に落ちた。さっきと同じ溶解プロセスがはじまる。ジジは首を振りながら、茫然としてそのようすを追った。女のからだのようだった茎がかさりと音をたてて崩れ落ち、残骸が地面にのこる。

「コマンザタラ！」生物学者は叫んだ。最後の残骸が氷のなかに消えると、とてつもない無力感をおぼえた。

数分のあいだ、ただ立ちつくす。やっとコマンザタラを見つけたのに、また失ってしまった。カタストロフィが救出につながるとか、妙なたわ言をいっていたけど、そんなことあるわけがない。理解不能な障壁にぶつかってカタストロフィを迎えた《クォーター・デック》のことはまだよくおぼえている。コマンザタラが白日夢のなかで話してくれた〝凪ゾーン〟のせいで《クォーター・デック》はエネルプシ・エンジンが過負荷になり、それに耐えられなかったのだ。

そのとき、こぽこぽと音がして、ジジは気をそらされた。コマンザタラの残骸は氷のなかで完全に見えなくなり、もう灰褐色の部分も存在しない。地面はふたたび明るい色にもどっている。

ところが、コマンザタラがいたその場所を見ると、氷のなかからむらさき色の棒のようなものが出てきたではないか。先端にはグリーンのちっぽけな玉がついている。大きさはシガ星人の指先ほどだ。

「救いだして！」パーラフォンからかすかな声が聞こえた。

ジジはひざまずくと、へらをコンビネーションからとりだして、溶けかかった氷を砕きはじめた。やがて、長さ二センチほどの芽生えを手にとる。細い根っこがかろうじて見える。

「連れていくわ、コマンザタラ」多幸感に襲われ、思わず笑いだした。ややヒステリックな笑いだ。「あなたのいったことはよくわからないけど、でも連れていく」

急いでヴィールス・ゴンドラにもどる。

機のかたすみに、まだすこし土があった。住居洞穴にコマンザタラの居場所をつくろうと、惑星を探しまわって土を集めたときののこりだ。

ジジはそこにちいさな植物をそっと埋め、

「洞穴にもどる」と、ヴィールス・ゴンドラに命令した。

ゴンドラがスタート。

シガ星人はコンビシートにすわり、芽生えをじっと見つめて考えこんだ。コマンザタラはあんな理解不能な方法で本当に生まれ変わったのだろうか？　それが理由で、山のなかにある寒い氷河に向かったのか？

熟練の生物学者にも解けない謎が次々に出てくる。

「とにかく、だいじなことはひとつだけ」と、ジジは笑みを浮かべた。「わたしはもうひとりじゃない」

芽生えに水をすこしやってから、こういった。

「ずっといっしょよ、コマンザタラ。こんどは永遠に」

2

その二名には、ほんのすこし似たところがあった。一見、戦闘態勢で向き合っている。たがいのようすを虎視眈々とうかがい、いずれ相手がぼろを出すのではないかと待ちかまえているようだ。

ここは、ヒマラヤ山脈の最高峰エベレスト山頂にあるウパニシャド学校チョモランマ。あたりに二名の〝精神的決闘〟を知る者はいない。両者とも、だれにも気づかれないように配慮したから。

ひとりは身長二メートルほど。痩身で頭髪がまったくなく、骨張っている。わずかに見える筋肉や腱はからだの表面に露出しているような感じで、骨格をつつむ皮膚は透明だ。

ソト＝タル・ケル……ストーカーである。

もうひとりは半分くらいの大きさだが、完全に裸という点が異なる。ほんのわずかな装備すら身につけていない。からだつきについていえば、タル・ケルの縮小版といえるだろう。ストーカーの進行役スコルシュだ。

「わたしが忠告したろう？」スコルシュはがみがみいい、何度か大きくジャンプしてストーカーの周囲をはねまわった。「あんたはソトに任命された、ストーカー。なのに、自分のはたすべき任務を忘れてしまったんだ。お膳立てが悪すぎた陰謀はだれにも受け入れられなかった。あんたはもう終わりだよ」

　ストーカーがごつい頬骨をすばやく前に突きだす。その頭部は恐竜のそれを思わせた。軽蔑的なしぐさで声をとどろかせる。

「ひとついっておく、若造」その言葉を強調するため、空を切るように骨張った腕を動かした。「わが計画は完璧なのだ。いまにわかる」

「わかるのは、あんたが没落するってことさ」進行役はきいきい声でいいかえす。「いまに自分の最期を知ることになる」

　ソトは猛々（たけだけ）しい笑い声をあげ、スコルシュをつかもうとした。だが、進行役はたくみに脇へよける。

「わたしは忠告したぞ、ストーカー。何度も。ところが、あんたはおろかで聞く耳持たず、戦士の名誉を天秤（てんびん）にかけた。すべてを賭（と）する者はすべてを失うとわかっているだろう。ソトはひとりだけしか存在できない」

「ソトはひとりだけだ。これまでずっとそうだった。これからもそうだ」

「話をそらすな」スコルシュの声がやや鋭くなる。「まさか、その唯一無二のソトが自分だと考えているんじゃあるまいな？　わたしにとってあんたはもうソトじゃないんだよ、ストーカー。機能不全の背信者で出来そこないだ。さっさと消えろ。真のソトもあんたがいなくなるのを、いまかいまかと待っているぞ」

「くたばるまで待ちつづけるがいい。わたしは自分の任務を知っている。わたしがソトなのだから」

「あんたに要求する」進行役は嚙みついた。「みずから身を引け。ソトとしてはもう使い古しだよ。法典は新ソトへの栄誉ある権力委譲をもとめている」

「おまえは第一級のまぬけだな」ストーカーがののしる。「おまえなんぞに要求されるいわれはない。わたしは自分に、自身がはじめた任務を遂行しろと要求するだけだ。それが法典の、また戦士の名誉のもとめるところでもある。その実現に必要なあらゆる処置を、わたしはほどこした」

「頭がおかしいんじゃないか。そんな狂気の計画は実現不可能だ。あんたのシャドはわずかしかいないんだからな。おまけに、かれらは予定より早くウパニシャドの弟子になってしまったもんで、出来が悪い。それもあんたの背信行為のひとつだ。罰を受けるにふさわしい。いいかげん、自発的に新ソトへ実行権を委譲しろ！」

進行役は大声で叫びながら、また何度か跳びはねた。

「なにがあっても、わたしはいまの行動をつづける。おまえも辛抱するしかない。わたしにいわせれば、おまえの怒りはうんざりだ、若造」

「若造、若造！」スコルシュがばかにしてまねをする。「どっちが若造だか、いまにわかるさ」

「まったくおろかでどうしようもないな。そんな態度をつづけるなら排除するぞ」

この脅しにはさすがのスコルシュもしばらく二の句が継げなかったが、いきなり冷静な口調でいった。

「あんたの狙いはお見通しさ。時間を稼ごうとしているんだ。ティフラーとセレグリスに大急ぎで戦力を集めろと指示したもんだから。その戦力を使ってなにをするつもりだ、ストーカー？」

「おまえには関係ない、地獄の申し子。だがまあ、教えてやろう。わが任務を遂行するのだ。それがエスタルトゥの意志だから」

進行役は呵々大笑した。

「あんたがエスタルトゥの意志を知ることなど、もう二度とないのに！」

「その笑いは絶望に駆られてのものだな、侏儒よ」

スコルシュはストーカーの背中に跳び乗り、その頭にうしろから腕を巻きつけると、耳もとに近づいてささやく。

「いっとくがね、あんたの計画ってのは陰険さが服を着たようなもんだ。はったりをならべても、背信行為に関してわたしの目はごまかせないぞ。アダムスみたいな輩はだませても、わたしはだめだ」

「なんとも興味深いほらを吹くね」ストーカーは動じることなく、進行役の軟骨の尾に触れようとした。だが、スコルシュは尻尾も同じく骨生物の頭のまわりに巻きつけ、腕の支えにしながらつづける。

「新ソトに対峙するための時間稼ぎなんだろう。かれを阻止しようとしてハンザ・キャラバンを送りこんだな。退場する気はないわけだ。いずれ時間切れになることも、ものごとはエスタルトゥの意志どおりになるということも、認めようとしない」

ストーカーは両手でスコルシュをつかみ、上に高くかかげると、殺風景な部屋のかたすみにほうり投げた。

「エスタルトゥの意志なら知っている！」と、どなりつける。「それはわたしの退場ではない。エスタルトゥはわが身の内にも宿っている。わたしは超越知性体から生まれたのだ。エスタルトゥがわたしに使命を課した。まだ時間切れなどではない。それをはっきりと感じる。おまえは目が見えないから、わからないだけだ」

「嘘をつけ！　法典が新ソトになにをもとめているか、よく知っているだろう。あんたがみずから新ソトに歩みより、厳粛な儀式においてその地位を引き継ぎ、自分がはじめながら失敗したミッションを華々しく完了してほしいとお願いしないかぎり、かれは実質的になにもはじめられないんだよ。その時間をあんたは食い物にしている。だがね、新ソトのティグ・イアンはあんたとは出来がちがう。かれは自分のミッションを知っているし、やりとげるだろう。あんたみたいに無能な背信者に阻止されることはない」

「勝手な憶測ばかりならべていると、どうなるか見せてやる」

突如、ストーカーの姿かたちが変わった。感情が爆発して、ついに限界に達したのだ。心理的オーヴァヒートがメタボリズムばかりか、外見まで変容させたのである。

下顎はぐいと前に突きだし、上唇の軟骨がたちまち上に伸びていく。目は煤けたグレイに変色し、その視線はあらぬところを見ている。手と足の指先から黒い鉤爪が押しでてくる。かれは獲物を狙うように進行役のほうを見て、肉食獣の裂肉歯をむきだした。

からだのすべての動きが、とてつもなく危険なオーラを発している。かれがこの戦闘モードになったら、既知のどんな生物も太刀打ちできない。

よりによって、この〝究極の姿〟への変身のきっかけをスコルシュがつくるとは、言語道断だった。なぜなら、進行役のもともとの任務は……すくなくとも、ストーカー自身はそう考えているのだが……突発的な怒りの発作でこの感情爆発が引き起こされないよう、注意することなのだから。

スコルシュはすみに逃げこみ、じっとストーカーの攻撃を覚悟しながら、

「よく考えてくれ！」と、懇願するようにいった。「これ以上罪をおかすな、ストーカー。もうすでに多くの冒瀆行為があるんだぞ。早まるんじゃない」

ソトはそれを聞いて躊躇し、

「失せろ！」と、どなった。

もう一度いわれるまでもない。

スコルシュはその場を去った。戦闘モードのストーカーに跳びかかられる前に。

＊

やっとひとりになれた。

永遠の駄々っ子スコルシュは、とりあえずもう姿を見せない。

しだいにからだがもとどおりになり、翻弄された思考がしずまっていくあいだ、わたしは安堵感に満たされていた。

わたしは何者か？　そう、みずからに問いかける。

ソト＝タル・ケル！

いや、それでは不充分だ。

わたしはどこからきた？　エスタルトゥの母胎から！　そのとおりだが、それでもまだたりない。

力の集合体エスタルトゥのどこかに、自分の生まれた場所があるはず。

あるいは、生まれたことなどないのでは？　つねに存在したのかもしれない。ただ、以前どういう存在だったかおぼえていないだけで。

すべては暗い秘密につつまれている。

いままでこのようなことを一度も考えなかったのは不思議だ。なぜ、よりによっていま、そんな思考が意識に浮かんできたのか？　これもわからない。

わかるのは、スコルシュがきっかけとなったことだけ！

かれの言動につい熱くなってしまった。そのせいでいま、おそらく決定的な意味を持つ思考プロセスが展開することになったのだ。

それともこれは、銀河系の門前のどこかにもう一名ソトがいるとわかったことに関係するのか？　くわえて、ソトは一名だけしか存在できないこともわかっている。

その矛盾がわたしの内面をかき乱すのか？

すこし前まで、ソト＝ティグ・イアンのことなどまったく知らなかった。わたしが考えたティグ・イアンの名は〝スティギアン〟だ。そんな名前では、特筆すべき成功を諸種族にもたらすことはできまい。たとえわたしと異なるやり方をしても。

わたしはその考えを頭から振りはらい、べつの表現におきかえた。成功をもたらすことは、スティギアンには不可能なのだ。かれが力を発揮するのをわたしが許さないから。

ふたたび、あの奇妙な感情がますます心に満ちていくのを感じる。心地いい気分だ。名前のない感情だが、自分で名をつけようと思う。

つい最近の出来ごとも、スティギアンの出現によって起きたことも、進行役のくだらないおしゃべりも、この感情が原因にちがいない。

それはゆっくりと育っていき、いまでは自分の心のなかで不動の位置を占めている。自我の一部といっていい。わたしはそれを理解しようとつとめているところだ。

それはわが使命に反するものか？

そのせいでわたしは失敗したのか？

いずれに問いにも、はっきりノーと答えられる。

この感情はわが使命の構成要素となった。つまり、エスタルトゥがそれを望んだということ。

わたしはおのれの持てる能力をすべて使い、徹底的に任務を遂行した。最初はうまく行動したと思う。ときおり些細な揺りもどしが生じることがあったのは自分でも認めるが、深刻な問題にはならなかった。

それとも、この感情ファクターがなにか作用したのか？　これのせいで感覚を鈍らされてしまい、いまでも混乱しているのか？

自己診断の結果、この質問にもきっぱりノーと答えることができた。わたしはつねにエスタルトゥの意志において行動している。エスタルトゥはわが身の内にいるのだから。

この感情ファクターに名前をつけなければならない。とっさにあるアイデアが浮かんだ。

〝ヒューマン・ファクター〟だ。〝人間ファクター〟でもいい。

いずれも同じ意味だから。ここ銀河系で恒久的葛藤への心がまえを人類にさせるうち、かれらの持つなにかがわたしに乗り移ったらしい。あるいは、このミッションを引き受ける許可をもらって以来、それはわたしのなかにあったのか。

わが存在の意味はひとえに目標のためにある。それは、この銀河を恒久的葛藤の教えで束ねること。何者もこの使命を揺るがすことはできない……たとえもう一名のソトでも！

スコルシュには、わたしが失敗した、あるいは背信行為をおかしたとさえ見えるのだろう。おろかで無知なやつだ。わたしは何度も自問したものだが、そもそも、進行役がなにかの役にたっているのか？　妨害ファクターではないか。しかし、ヒューマン・ファクターに立ち向かえるほど強くはない。かれは多くをいいあてたが、わたしのなかにこうした感情が根づいていることにはまったく思いいたらないようだ。

すこしでもスコルシュがそれに気づいていたら、かれのいう失敗や背信は人間ファクターが原因なのだとわかっただろうに。

いまや、わが自我の構成要素であると明確になったファクターだが、はっきりした説明はできない。科学的分析も不可能だ。しかし、説明も分析も必要ない。自分がこの感情の存在を知っているだけで充分だから。それが存在することが、すなわちエスタルトゥの望みということ。

わたしに関するすべてがエスタルトゥの意志なのだ。

スコルシュはばかではない。それは認めよう。わが計画の一部を見ぬいていた。知られたくない一部を。それ以上をかれが知ったなら、もっと不快な口をきいてくるだろう。

それでも、かれの非難は根拠のないものだ。

テレポート・システムの導入に思ったより時間がかかった点に関しては、だれもわたしを責められない。ウパニシャドの教えをわずか数週間でひろめ、恒久的葛藤のための道ならしをするなど、期待されても無理なこと。

進行役の要求はばかげている。

もちろん、わたしはもっと時間がほしい。それを手に入れるつもりだ。スコルシュが気にいろうといるまいと。

きょう、かれはあからさまな警告を食らった。無能ぶりをさらしたのだ。わたしをなだめるのが進行役の仕事だというのに、それどころか感情を過度に刺激した。その結果、わたしは戦闘モードの姿に変身し、もうすこしでかれに襲いかかるところだった。

スコルシュはヒューマン・ファクターに感謝すべきだ。かれがその存在を知りもしないファクターのおかげで、殺されずにすんだのだから。

わたしは無能でも背信者でもない。あるべき姿のままだ。ヒューマン・ファクターはつねに変わらずそこにある。わが感情および思考の一断片なのだから。

すべての事実を考え合わせると、明確な結論が引きだせる。わたしは新ソトにただ地位を譲らないのみならず、断じてそれを許さない！　これからも任務遂行にはげみ、じゃまばかりするスコルシュに分をわきまえさせなくてはならない。

進行役が〝機能不全〟と切り捨てたこのファクターは、かれにとっては法典の洗脳より強固なものに見えるのだろう。ひょっとしたら実際そうなのかもしれない。しかし、それはいま二次的な問題だ。

わたしは自分のあるべき姿でいる。これからもずっと！

ソトが一名だけというのは当然の話で、わたし自身も知っている。進行役にいわれるまでもない。それがわたし自身を意味することも明確だ。

よそ者に実行権を引き継ぐなどというのは、いまのわたしにとり、自殺にひとしい。そんなことをすれば、わがミッションに背を向けることになる！

この観点から見たら、わたしの最近の行動は論理的で正しいものだったとわかる。

もう一名のソトが出すぎたまねをしないよう、全力をつくす必要があった。将来、法典と恒久的葛藤の旗印のもとに銀河系を導くのは、このわたしだ。何者にもじゃまさせてはならない。

それこそ、わが戦士の名誉が要求することなのだ。スコルシュはこれを完全に誤解して訴えていたが。

ジュリアン・ティフラー、ニア・セレグリス、ドモ・ソクラトは〝成就〟を意味するゴムの段階までのぼりつめた。かれらはわたしにどこまでも忠実だ。ほかのソトを受け入れるわけがない。このよけいな戦いに必要となる戦力を、わたしのために集めてくるだろう。

ハルト人の能力が完璧でないことは認めるしかないが、洗脳は充分だ。わが輜重隊員を徴募するため、《ソクラテス》で大マゼラン星雲の惑星テルツロックに向かっている。それと実質的に同じ任務を、ティフラーとニア・セレグリスはここ銀河系においてはたす。ウパニシャド学校という支えがあるし、すでに銀河系諸種族に対して手柄もあげている。まもなく成功の報告が聞けるのはまちがいないだろう。

わたしの思いはふたたびスコルシュにもどった。わが使命という枠組みのなかでかれの役割を考えると、疑いが生じてくる。役にたつより、じゃまになるだけだ。ヒューマン・ファクターを意識するようになったせいで、そう思うのかもしれないが。

わたしのマスクをつけたアンソン・アーガイリスをエスタルトゥに送ったのは、むろんスティギアンを阻止するためだった。わたしにはまだ時間が必要なのだ。わが陰謀のゲームにおけるこの天才的駆け引きを、スコルシュは正しく見ぬいていた。

むろん、これらの処置はすべて、もう一名のソトを排除するためのもの。

そうするしかない。わが道はまだ終わっていないのだから。それが超越知性体エスタルトゥの意志にかなうことなのだから。

とはいえ、決定的なのはひとつの思いである。それは……

〝わたしは生きのびて支配する！〟

これにもまた、ヒューマン・ファクターが影響しているのだろうか？

3

「こちらヴィールス船なんとか」モンタファスは小声で読みはじめた。その顔に腹立ちの色が浮かぶ。「全ギャラクティカーに告ぐ。アンソン・アーガイリスひきいるハンザ・キャラバンの七十隻、NGC3627、エスタルトゥからきた非常に強大な敵艦隊に殲滅された……」

パラ心理学者にして医師の老アラスは、怒りにまかせて印刷フォリオをデスクの上に投げつけた。医学研修生のニャル・グを憤怒のまなざしでにらみ、

「こんなものでわたしをわずらわせ、神経パニック酸の中和に関する研究のじゃまをするとは。出ていけ！」

若いアラスはウナギのように身をくねらせた。手にはあと三枚、フォリオを持っている。だが、モンタファスがもう一枚たりとも目を通したくないと思っているのは明らかだ。まして、内容をじっくり吟味する気などないだろう。それでもニャル・グは、

「先生の神経パニック酸はあとまわしにすべきです」と、硬い声でいい、フォリオをひ

らひらさせた。「ギャラクティカムの緊急指令ですよ。ものすごい衝撃を秘めた医学的事例です。なにが問題かというと……」

「出ていけといったぞ！」パラ心理学者はこぶしをかためて激高した。

「政治的観点における衝撃なんです」医学研修生はかまわずつづける。「もちろん、医学的にも。そうでなければ、タフンに警報が発令されるはずはありません」

モンタファスは嘆息しながら、椅子に腰をおろした。

「そのほうがずっと話しやすいです、先生」と、ニャル・グ。かれはタフンの学生のあいだでは出しゃばりで有名だ。わが意を得たりとばかりに、「かわいいスリマヴォのことはご存じですか？　コスモクラートなんですが」

「また不正確な表現を……きみは作業のときもいつだってそうだ」師は研修生をたしなめた。その口調がいきなりおだやかになったので、ニャル・グはあっけにとられている。

「スリマヴォはコスモクラートじゃない。せいぜい、ヴィシュナの具象だろう」

「コスモクラートのヴィシュナはもういいませんよ」生徒がそっけなく返す。窮地に追いこまれた師を見て、明らかに楽しんでいるようだ。こうした議論はモンタファスの得意とするところではない。パラ心理学の問題に関してなら、専門家ゆえに敵なしなのだが。

「それも不正確だ」老アラスはぶつぶついい、片手を前に伸ばした。「われわれの宇宙にはいないというだけ。まさかきみは、わたしが銀河系での出来ごとに関する情報を持たないと思っているのではあるまいな？　ヴィシュナがべつの宇宙に存在する可能性はおおいにある」

「スリマヴォだって存在しますよ。タフンに向かっています。あるいはすこしがんばって、ものすごく正確に表現しましょうか。タフンに〝運ばれてくる〟んです。彼女は切れ切れで不明瞭なこのメッセージを発信したのち、銀河系中枢部の北宙域で一ツナミ艦に収容されたというわけでして」

ニャル・グはモンタファスがデスクに投げつけたフォリオをさししめし、

「どうやら、先生には喫緊の出来ごとに関する情報がやや不足しているようですね。でなければ、この数時間前にとどいたニュースを知っていたはずだ」

「卒業テストに合格したいなら、礼儀をわきまえた口をきけ！」熟練の医学専門家は若い男をどやしつけた。

「ええと、先生」すぐに研修生はへりくだったようすを見せたが、顔には相いかわらず不敵な笑みを浮かべている。「もちろん、あなたがこの二日間ずっと神経パニックに没頭されていることを考え、その不足している情報をお持ちしたのです」

「神経パニック酸だ、ニャル・グ」老アラスが訂正する。「ときどき、きみもその酸にやられたのではないかと思うことがあるよ。これは重大な症例だぞ、わが息子。もしそうなら……」

「わたしは先生の息子ではありません」研修生は真っ向から反発した。「あなたの酸も重大ですが、スリマヴォのほうがもっと重大です。ひどく体調が悪いんですから。ツナミ艦の医療者がいうには〝パラプシ性の混乱状態〟にあるとか。これと彼女の不吉なメッセージを考え合わせたギャラクティカムが、われわれに迅速な協力と問題解明をもとめてきたわけです」

「患者の治療はつねに政治的案件より優先される」と、モンタファス。威厳を持たせたかったようだが、あまり成功していない。「スリマヴォはいつ着くのだ？」

「十分後です」

「なのに、なんだってきみはここでうろうろし、皮肉な当てこすりばかり口にしているのか？」パラ心理学者はいきなりニャル・グの手から印刷フォリオを引ったくり、急いで目を通した。尖った禿頭に深い皺をよせながら、「グタルドを呼んでこい。それと、マティスも。精神生体解剖の専門家が必要だ。スリマヴォは、見かけはそうでもテラナーではない。医学的・生体的観点から見た彼女のことを、われわれはほとんど知らない。急げ、わが息子！」

こんどは〝わが息子〟に反論することもなく、ニャル・グは部屋を飛びだしていった。

モンタファスは研修生が入ってくる前に作業していた書類を脇に押しやり、もう一度フォリオを熟読する。そこに書かれた単語をすべて頭にたたきこむと、主ポジトロニクスのコンソールに質問事項を打ちこんだ。

だが、スリマヴォに関してあらたにわかったことは多くなかった。

この不思議な少女は、かつて地球にあらわれたさい、十二歳くらいに見えた。場所はテラニア・シティから四百五十キロメートルほど南西にあるトレッキング山地、ショナアルの人工アドベンチャー・パーク。そのときは青白く痩せたちいさな女の子のいでたちで、肩まで伸びた黒髪と吸いこまれそうに黒い大きな目がことのほか印象的だった。奇妙なことに、完璧なインターコスモをしゃべれるにもかかわらず、しばらくそうと思わせなかった。

まず驚いたのは、有能なミュータントがテレパシーを使っても、その内面を探れなかったこと。

以来、スリと呼ばれる彼女が外見は十七歳くらいに見えるようになったいまでも、その精神および肉体を医学的に精密検査することはできていない。そうする理由も機会もなかったからだと、ポジトロニクスはあっさり答えたもの。

のちにキウープがスリを〝ヴィシュナの構成要素〟と呼び、彼女もそれに反論しなかったため、疑問ののこるいいまわしではあったが、謎めいた過去にいくらか光がもたらされたのだった。

だが、さらなる驚きに彩られたスリの人生を知っても、そのメタボリズムに関する手がかりを得ることはできなかった。

グタルドとマティスが入ってきたので、モンタファスはモニターのスイッチを切った。グタルドは異種族医学を専門とする多才な男で、マティスは非接触型精神生体解剖の専門家……略してPIVスペシャリストである。

「話は聞きました」マティスが挨拶抜きにいった。「スリマヴォのためにドマグ・セクターの第二区画を確保してあります。ギャラクティカムも援助を惜しまないそうです」

「こちらが必要とするならば、ですがね」グタルドが偉そうにつけくわえる。

三名ともライトグリーンの医療用コンビネーション姿で、非常によく似ていた。PIVスペシャリストは女なのだが、ほかのふたりとほとんど変わらない。

「ギャラクティカムの要請では」と、モンタファスが一フォリオをさししめした。「スリマヴォの宇宙船《コクーン》もいっしょに調べてほしいとのことだ。無意味でよけいな作業だとわたしは思う。だれか医学研修生にやらせよう。ニャル・グはどうかな。どうも性格に問題があるように思えるのだが」

異種族医学者とPIVスペシャリストに異存はない。

アラス三名が搬送ベルトでドマグ・セクターの第二区画に向かう途中、ツナミ艦と乗客が着いたとスピーカーが知らせてきた。

このとき、銀河医師三名は考えていた。ルーチン作業だから、数日もあれば問題を解明できるだろうと。

そして、まだ専門分野を持たない医学研修生のニャル・グも、特別任務をいいわたされたとき、同じように考えたのだった。

＊

〝銀河医師〟の別名で知られるアラスは、スプリンガーから派生したヒューマノイド種族だ。長身で、身長は基本的に二メートルを超える。細身で華奢（きゃしゃ）、目はもともとの祖先であるアルコン人種族のなごりでアルビノのように赤いが、皮膚と体毛には色がない。髪は生えていないことが多く、尖った禿頭がなによりの特徴だ。

ペリー・ローダンがアラスと遭遇したのは、第三勢力成立の十二年後にまでさかのぼる。当時も銀河医師たちはいまと同じく、あらゆる種類の医薬品を独占的に取引していた。くわえて、大昔からすぐれた医療技術と知識を持っていたため、太陽系帝国と最初の衝突があったのちにも、この特殊分野で生きのこることができたのである。

二一一五年にアトランが星際連合機構すなわちUSOを発足させたさいも、アラスの出番となった。赤色恒星タフの第三惑星タフンに医療研究の中枢施設が設立されたのだ。地球に似た理想的環境のタフンにあるメド・センターは、二千年の長きにわたって銀河系諸種族を揺るがした危機を乗りこえた。タフンにはいまも当時と変わらず無数のクリニックが存続しており、あらゆる病気に特化した治療が実験室や研究所やリハビリテーション・センターでおこなわれている。全種族の医療従事者がいるとはいえ、主要ポジションを占めるのは、昔もいまも栄えあるアラスなのだ。

ここに、見当識を失ったスリマヴォが運ばれてきて、急ごしらえの特務チームにゆだねられるということ。

ドマグ・セクターの地下室には小型ヴィールス船《コクーン》がとめられ、医学研修生のニャル・グが担当することになる。

偏屈な若いアラスは、だれの協力も必要ないと断っていた。

＊

ジジ・フッゼルはコマンザタラの言葉を真剣に受けとった。ちいさな芽生えをヴィールス・ゴンドラから出して住居洞穴に植え替えるのはやめにする。

コマンザタラの〝わたしのそばをはなれないように〟とは、どういう意味だろう？　シガ星人は推測にたよるしかなかった。ヴィールス・ゴンドラを出て、洞穴に保存してある食糧をとってきてもかまわないの？　二メートルはなれても、そばをはなれたことになるのかしら？

はっきりした答えは返ってこない。

それでもジジは、この奇妙な女性植物にふたたび信頼をよせていた。コマンザタラが生まれ変わりと呼んだ生体的変化に関しては、いまだに謎だが。

いまでは三センチに生長した芽生えを仔細に調べてみる。とはいえ、外から観察するだけだ。こんな幼い生き物に器具を使って触れるのは、おのずとためらわれた。これが本当にあのコマンザタラと同じものなの？　それとも、その子供？　知性体植物なら、〃古い〃コマンザタラが持っていた知識を思いだすこともあるのかしら？

生物学者はついに、ラボのかたすみからちいさな鉢をひとつ持ってきた。いまのままだと、じきに土がたりなくなる。いつかは植え替えないと。早いほうがいい。コマンザタラの予告した出来ごとが実際に起きたなら、手遅れになってしまうだろう。

ジジはちいさな芽の上に身を乗りだし、愛情をこめて話しかけた。

「聞いているかどうかわからないけど、コマンザタラ。ちょっとだけそばをはなれて、土をとってくるわね。ほんの数分だから、重大なことも起きないでしょう」

返事は期待していなかったのだが、パーラフォンからため息がはっきりと聞こえてきた。そのあと、かすかにささやく声がする。なにをいったかわからないけれど、不安でたまらないようすが聞きとれなかったか？

生物学者は首を振った。自分の知識を総動員するより、こんなにちいさい未完成の芽生えにたよるしかないとは。

「わかったわ」と、譲歩する。「やっぱり理解はできないけど、あなたもいっしょに連れていくから。そうすれば、なにが起きてもそばにいられるでしょ。それでいいなら、もう一度ため息を聞かせて」

パーラフォンは沈黙したままだ。

ジジは一分間、待った。それからふたたび、ちいさな芽生えに向かって、

「もう行くわよ。あなたをヴィールス・ゴンドラに置いてっていいなら、ため息をついてくれない？　わたし、両手を使って作業したいのよ」

こんども反応がない。だが、難船者のヴィーロ宙航士は相いかわらず知恵がまわる。パーラフォンを頸からさげることにしたのだ。それから、芽生えを土ごと慎重につかむ。

植物は、いま見えるようになった根っこまでふくめると、ゆうに四センチある。シガ星人の四分の一ほどの大きさだ。それでも、ジジはなんなく土つきのまま持ちあげて鉢に入れ、のこりの土をかぶせた。だが、鉢は直径十センチほどあるので、まだ根っこの上のほうはむきだしになっている。

ジジはコマンザタラを機外に運びだすのに使う昇降機のプラットフォームに、鉢を押しあげた。自分もよじのぼると、プラットフォームを外側に向ける。

彼女の指示にしたがって、ヴィールス・ゴンドラは洞穴の奥、土が盛りあがっているところへと進んでいった。そこは八カ月前、前のコマンザタラが白昼夢を語ったあと、

突然いなくなった場所だ。

鉢がいっぱいになるまでには数分かかり、ちいさな女シガ星人にとってはきつい作業だった。ところが、鉢を土で満たして水をやると、コマンザタラはつぼみを開いたのである。

以前のコマンザタラのちいさな似姿があらわれた。花の内部に微小な花弁が無数にあり、虹色の光をはなっている。そのまわりにあるやや大きめの花弁は、数秒のあいだ真っ赤に輝いた。ジジがまだ、テラナーのヴィーロ宙航士ライナー・ディクといっしょに作業していたときに知ったところによれば、大いなるよろこびをあらわす色だ。

しかし、その色がすぐに変化して濃いブルーになる。内部の花弁がはなっていた多彩な色も消え、あせたブルーになった。

コマンザタラは悲しみにくれ、意気消沈しているのだ。

「きっと、この世界にあるなにかを見たのね」ジジは心から同情をおぼえた。「たぶん、なにかに気づいたんでしょう。でも、悲しまないで。わたしがそばにいるから」

反応はない。ちいさな花の色は光沢のない濃いブルーのままだ。パーラフォンからも声が聞こえない。ジジはプラットフォームを方向転換して、ヴィールス・ゴンドラにもどった。鉢を床におろし、ゴンドラの助けを借りてすみのほうに動かす。そこなら、コンビシートにすわっていても目がとどくから。

乾燥果実をすこしとコップ一杯の水で栄養補給したあと、シートでうとうとした。外はもう暗くなっている。

目が覚めたとき、だれかに呼ばれた気がした。両目をこすり、周囲を見まわす。それから、驚いて思わず声をあげた。内部照明があかあかと点灯しているではないか。なんと、コマンザタラが二倍の大きさになっていた！　クロノメーターを見ると、自分がたった二時間眠っていたあいだに。

しかし、なによりびっくりしたのは、花の色だ。内部がやわらかな光に満たされ、バラ色に輝いている！　ジジは電撃に打たれたように飛び起きた。

「閉めて」と、パーラフォンから聞こえてくる。「閉めて！」

「なにを閉めるの、コマンザタラ？」ジジは訊いた。なにが起きたのか、まったくわからない。

「ヴィールス・ゴンドラ、キャノピー」と、せっぱつまったような声。「閉めて！」

生物学者はその指示をヴィールス・ゴンドラに伝える。ちいさな乗り物はキャノピーを閉じ、ハッチを施錠した。

「これでいい、コマンザタラ？」ジジはやさしく訊いた。

花の色がいくぶん明るくなるが、パーラフォンは無言だ。一瞬、花の縁が赤くきらめいて、ヴィールス・ゴンドラ内にあやしげな光がはしる。

「いったいどうしたの、コマンザタラ？」

「夢。現実。スリマヴォ。連絡。カタストロフィ」小型装置からかすかに聞こえてきたのは、脈絡のない言葉だった。ちいさな音声だけでなく、半テレパシー思考も増幅して伝えられる。

さらに……

「救いか、カタストロフィか？」

どちらか不確定だという意味の発言であることはまちがいない。

ジジは無意識にコンビシートのハーネスを締めた。

そのとき突然、花の光が失せる。

ヴィールス・ゴンドラの内部照明も、なぜかわからないが消えた。ジジはいきなり無重力になったように感じた。目の前で色とりどりの光が踊り、回転する炎の環になる。目を閉じると、理解不能な情景がくりひろげられ、脳がつくりだした映像だとわかった。がくんとはげしい揺れがきたが、ハーネスがしっかり固定してくれる。頭のなかが悲鳴で満たされた。無限の彼方から響いてくる太古の叫びのようだ。色の戯れがあらたなかたちをとった。黒いぬかるみのなか、白い管がのたうっている。そこでふたたび銀色の光が踊る。

それぞれの映像は現実のかたちを持ち、それらが早送りされているようだ。

ギャラクティカーの宇宙船が無数に見える。光る地獄へまっしぐら。そこへ、よだれを垂らして笑うストーカーの顔がつづいた。次に、もとの大きさのコマンザタラが見え、それから巨大なむきだしの卵……おそらくアンソン・アーガイリスのロボット基礎体だろう。かわって、こんどは繭（まゆ）のかたちの小型ヴィールス船。吸いこまれそうな黒い瞳が狂気に光り、ジジをじっと見つめている。

声が聞こえた。助けを呼ぶ声。死の叫び。そして……

「こちらヴィールス船……全ギャラクティカーに告ぐ。アンソン・アーガイリスひきいるハンザ・キャラバンの七十隻が全船、エスタルトゥからきた非常に強大な敵艦隊に殲滅された。この艦隊はまもなく銀河系に到達する。準備を！　交信終了……終了……痛みが……」

ふたたび暗闇に満たされ、沈黙がおりた。ジジ・フッゼルはあたりを手探りした。なにもない。光も見えず、音も聞こえない。

すわっていたはずのコンビシートの存在も感じなかった。

それから、グレイの世界が訪れる。

はてしない恐怖にからめとられ、ジジは意識を失った。

4

ジュリアン・ティフラーとニア・セレグリスはペアで永遠の戦士のステータスを手に入れ、いまは一時的にアルコンIのウパニシャド学校の近くに滞在していた。数カ月前、ウパニシャドの弟子たちにとってうさんくさい事件が起きた場所である。にもかかわらず、上級修了者ティフラーはここをシャド全員の集合ポイントに選んだ。ソトに前々から要求されていた新輪重隊を、ここに編成するつもりで。

テラナーふたりは粘り強く課題をこなし、いかに自分たちが戦士としてソトのことだけを考えているか、しめしたもの。たがいへの個人的恋愛感情は、第八段階チャルラシャドを修了したあとに封印した。どちらもそのことはもう考えない。心の奥底にはまだそうした感情の結びつきが強くのこっており、法典分子やウパニシャドの教えといったすべての外的強制から解放される日を待っているのだが……ふたりがそれを感じることはなかった。

上級修了者ふたりと同じく、深淵からきたハルト人ドモ・ソクラトも永遠の戦士の称号を得ていた。いまはソトにいわれた任務を遂行するべく、惑星テルツロックに向かっている。

永遠の戦士になると必然的に、自身について思いをめぐらすことはなくなる。法典に対する忠誠あるのみ。しかし実際には、それはストーカーの意志に全面的にしたがうことなのだ。些細とはいえ、決定的なちがいである。だが、その差にティフラーたちが気づくことは、もはやない。

ウパニシャド学校は惑星の北極点、湖にかこまれた公園のなかにある。ならんで建つ高さ七百メートルの漏斗がふたつ、空にそびえている。

この二重漏斗から二キロメートルはなれたところに、シャドたちが命令に応じてつくった宇宙港があった。そこが実際、あらたな輜重隊の集合場所となるのだ。

「わたしたち、ソトの望みどおりに任務を遂行できるかしら？」ティフラーの隣りでニアが訊いた。ふたりはすこしはなれた高台に立ち、ルクトヴェックスでおおわれた平地上の宇宙船を見ている。二十数隻ほどで、タイプはさまざまだ。

「まったく疑いもない」ティフラーはちいさく笑った。「われわれ、自分たちの立場も能力もわかっている。送りだした使者がすべてのウパニシャド学校と、そのほか多くの惑星を訪れ、真の教えを定着させた。これ以上、することはない」

「ＬＦＴのことを忘れているわ」ニアが訂正する。

「わたしはなにひとつ忘れていない」ティフラーは口調を強めて反論した。雲のかかる空から視線をはずすことなく、「かつてのわが職務における権力を思いだし、あれこれ熟考したのだ。〝二世界の息子〟チェソン・リマンクはあてにできる。第七段階を修了したのだから。かれはテラに帰還したのち、LFTに対するわが利益を代表し、必要なきびしさをもって、それでも友好的な態度を忘れずに接するだろう。LFTの派遣団をアルコンIに連れてくるはずだ」

また数隻の宇宙船が同時に着陸した。いずれもエルトルス人の部隊だ。

「ジャジのときのこと、おぼえている？」と、ニア。

「もちろんだ。エルトルス人の反応がずっと頭にあったので、せいぜい十八隻くらいだろうと踏んでいたが、見ろ。二十隻が新輪重隊に合流しようとしている。これは満足していいだろう」

「満足するのはストーカーよ、わたしたちじゃなく」女が訂正する。

ティフラーは返事をしない。顔色も変えずに立ちつくしたまま、

「イーストサイドからの船はない」と、やや苦々しげにいった。「ま、予想はしていたが。かつてガタス人はわれわれの友だった。しかし、近いうちにこの報いを知ることになるだろう」

ときおり、ふたりのもとに、近くの制御センターから報告がとどく。そこをとりしき

っているのはレルモ・キュニスといって、かなりあやしげな人物だ。しかし、ティフラーは信頼をよせている。

キュニスは三十三歳のテラナーで、将来性あるキャリアの入口に立ったところ。宇宙ハンザではスペシャリストとしての全般的な研修を受けたものの、それを生かした任務についたことはない。あるコグ船で、さして重要でない仕事を担当し、ハンザ商館ろ座の設立にも参加した。そのさい、卓越した企画力で知られることとなったのだ。

ティフラーは前からすでに、この男を自分の目的のために登用しようと決めていた。キュニスがウパニシャドの教えも、ストーカーや恒久的葛藤が関わるすべてのことも基本的に拒絶していると知ったところで、その気持ちは変わらなかった。

キュニスはよく〝第三の道はおろか者の道〟というものの、どれくらい本気でそう思っているのかはわからない。また、ウパニシャドの教えへの辛辣な批判を面と向かって口にし、新しい永遠の戦士を道に迷わせようとするが、ティフラーに対する個人的な信頼はそのままで、なんら制約されているようすもなかった。

「わたしにはかれが必要なのだ」ティフラーはレルモ・キュニスをアルコンI集合ポイントの首席企画担当に任命したさい、ニアにそういったもの。「かれもまた同じだろう。ウパニシャド学校を訪れたこともない男だが、いずれわが旗艦の搭載艇長にしようと思っている。アダムスやほかのだれかが送りこんだスパイだという噂もあるが、問題にする気はない」

　永遠の戦士ふたりは決められた時刻になるまで宇宙港を眺め、満足感をおぼえた。銀河系の……イーストサイドはのぞいて……あらゆる宙域から集結した宇宙船は、百二隻。あとはＬＦＴの派遣団を待つばかりだ。

　そのとき、シャント戦闘服の通信システムが呼び出し音を発した。

　〝二世界の息子〟チェソン・リマンクからだ。この呼称は、かれの父親が超重族で母親がスプリンガーであることに由来する。通信を専門とするリマンクは、体形は完全に超重族のそれだが、腕と脚が比較的細い。自分のシャント戦闘服を使って直接、ティフラーとニアに話しかけてきた。

「あと数分で着陸します、戦士ティフラー」そして、うれしそうにいう。「ＬＦＴはあなたの来訪に関して、けちなところを見せませんでしたよ。さすがもと首席テラナー、高く評価されているようですね」

　ティフラーはこのお世辞を受け流し、

「遅かったな」と、きっぱりいう。「部隊をどの程度、集めた？　何隻だ、シャド＝リマンク？」

「たったの一隻」通信士の答えだ。

　ウパニシャドの上級修了者ふたりは啞然として顔を見合わせた。自制力があるので、表情はまったく変えないが。

「それではよろこびの歌は歌えないわね」と、ニア・セレグリス。

「歌えますとも」チェソン・リマンクは異議を唱えた。その声がまた笑いをふくんでいる。「第七段階をおさめた者は真のよろこびを感じるはずです、戦士たちよ。ふたりだけでこの通信センターにきてもらえたなら、わかるはず！」

「たわ言をいっていないで明確に話せ、シャド」ティフラーはうながした。

「そうしましょう」と、リマンク。「一万名の乗員が必要になります。四千名は連れてきました。全員、ウパニシャド学校の経験豊かな生徒です。のこりの六千名はそちらで調達していただけるといいのですが」

「一万名？」ニアが驚いて訊く。

「そのとおり」〝二世界の息子〟は答えた。「《リバルド・コレッロ》ですよ。ＬＦＴからの戦士ティフラーへの贈り物です」

これでふたりにも、なぜチェソン・リマンクが高揚していたのかわかった。

「われわれの旗艦だ！」さすがのティフラーも歓喜の念をかくしきれない。ウパニシャド修行の十段階をすべておさめ、永遠の戦士の称号まで得たというのに、一瞬、意識のなかに押しよせてくる過去の映像に圧倒された。

地球はジュリアン・ティフラーを忘れていなかったのだ……ＬＦＴ創設時の首席テラ

ナーを！

＊

LFTすなわち自由テラナー連盟は昔から、とりたてて目立つ大艦隊を保有していない。宇宙船の数はつねに一万二千隻から一万三千隻のあいだを行き来していて、この上限を超えることはなかった。

LFTの艦隊のうち、白眉は二百メートル級の百二十隻からなるツナミ特務艦隊だろう。あとの代表的な大型艦は、ギャラクシス級の四隻だ。《ジョン・マーシャル》、《ローリー・マルテン》、《ラカル・ウールヴァ》、そして《リバルド・コレッロ》。

これら四隻のモデルとなったのは《クレストⅣ》や伝説の《マルコ・ポーロ》に代表される、かつてのウルトラ戦艦だ。このクラスの宇宙船になると二千五百メートル級で、大小の搭載艦艇を五百隻ほど擁する。大きいものでは直径六十メートルの球形艇、コルヴェットがある。乗員は通常だと五千名だが、二倍までは問題なく増員できる。

四百三十年以上におよぶLFTの歴史のなかで、これら四隻の大型艦は何度か最新技術水準を用いて換装されてきた。非常に高性能の輸送手段をそなえるようになっただけでなく、集中的に最新・最高のファクターを装備されてきたのだ。

着陸床に長い影が落ち、《リバルド・コレッロ》が音もなく降下してきた。着陸脚がくりだされる。

「いますぐ乗りこむぞ」と、ティフラー。戦士のステータスを得たというのに、内なる興奮をおさえきれない。「ニア、のこりの乗員を集めてくれ。アルコンのウパニシャド学校にはまだ多くの人的資源があるし、オリンプのガーワンケル学校でもシャド数百名、ことによると数千名が任務を待っている。ただちにアルコンIにくるよう伝えるのだ。一日後には出動準備完了としたい」

ニア・セレグリスは了解のしるしにみじかくうなずいた。

「きみにはわたしの代行をつとめてもらう」ティフラーはつづけて、「首席探知士にはキース・トールンを考えている。チョモランマ学校でシャン任命式を受けることになっている男だ。通信センターはチェソン・リマンクにまかせる。レルモ・キュニスには搭載艇長として好きな艇を選ばせよう。かれはみごとな業績をおさめたから、当然の報酬だ。そのほかの乗員はすべてシャドでまとめなくては」

ニアは立ったまま考えこみ、こういった。

「首席技師はヴァンゲリソでどうかしら。まだ第二段階も終えていないけれど、成績はトップクラスよ」

「わけのわからん音楽を引っさげて、なんとかの再来だと主張している空論家か？」ティフラーは疑わしげに、「ま、いい。ただし、船内では作曲も歌も禁止だと伝えろ」

チェソン・リマンクが搭載艇でやってきて、戦士ティフラーに乗るよううながした。

ティフラーは《リバルド・コレッロ》の巨大な球状外殻をさししめし、

「乗艦だ！　ソトに成功の報告をする」

リマンクが向かった格納庫では、新艦長を待ち望む人々の姿があった。テラナー、オクストーン人、アンティ、スプリンガー、超重族、エルトルス人、エプサル人、プロフォス人、そのほか大勢のギャラクティカーが群れをなしている。戦士の歓喜は炎のごとく、シャドたちに燃えうつっていった。

＊

ジュリアン・ティフラーがストーカーにコンタクトしたのは、NGZ四三〇年八月四日の早朝である。ソトは《エスタルトゥ》にいた。

あまり機嫌がよくないようだ。

「いい知らせです、ソト＝タル・ケル」と、ティフラーは切りだした。「まもなく、戦闘力の高い輜重隊が編成されます。乗員はほとんどがシャドですが、まだウパニシャド学校を訪れたことのないギャラクティカーも多数、こちらの呼びかけに応じました」

そう報告すると、アルコン学校の着陸床をうつしだす。映像はチェソン・リマンクが《リバルド・コレッロ》の通信センターから操作していた。最初は数隻の宇宙船からはじめ、やがて外側カメラの角度を広範囲に調整して部隊がすべて見えるようにする。だが、まだ《リバルド・コレッロ》の姿はうつさない。

「悪くない」ソトはそっけなく応じた。

「見せ場はここからです」と、ティフラー。

大型戦闘艦が一隻のみアップになる。それからもう一度、《リバルド・コレッロ》をふくむ全部隊がうつしだされた。

ニア・セレグリスがティフラーの隣りに立ち、ソトに姿を見せると、

「乗員徴募も完了しました」と、報告。「目下、新シャドたちに任務の説明をしているところです。ほとんどがべつの宇宙船に乗務していたので、とくに問題は生じないでしょう」

ストーカーの頭が前方にぐっと乗りだした。

「短時間ですばらしい仕事をしたな」と、友好的にコメント。「礼をいう」

「お礼にはおよびません」ティフラーとニアが同時に答えた。「ウパニシャドの教えも法典も恒久的葛藤も、そしてあなたも正しい。われわれ、その確信をもって任務を遂行しているだけですから」

「それゆえにこそ、きみたちは賞賛と感謝に値いする」ストーカーの声がやや尊大な感じになり、「しかし、些細な点をいくつか見落としているようだな。きみらの全成果を

過小評価するようなことはいいたくないが、永遠の戦士というステータスにかんがみて、この部隊の規模の百倍はほしいところだ。そうなると、永遠の戦士にふさわしい成果はまだ道なかばということ。きみらはふたりで戦士ひとりぶんだ。なにもかも、すくなすぎる」

ジュリアン・ティフラーとニア・セレグリスは啞然として黙った。

「見わたしてもなにひとつ存在しない場所から、手品のようになにかをとりだすことはできません」女が思いきって抗議する。

「わたしもそう思います」ティフラーも賛成した。

「わかっている」ストーカーはすぐに認めたものの、聞こえるように歯ぎしりしてみせ、こうつづけた。「だが、きみたちは任務の背景を知っているはず。エスタルトゥから巨大艦隊がやってくるのだ。わたしがこれまでに得た情報では、どんなにすくなくとも十万隻。こちらもそれ相応の挨拶をしなければならん」そこでまた歯ぎしりして、「十万隻に対して百隻とは、なんと情けない比較であることか。それをけっして忘れるな！とはいえ、きみたちに対するわが賞讃の念は変わらないが」

そういうと、ストーカーは自分から接続を切った。

5

　スリマヴォは反重力ベッドに寝かされていた。まったく動かず、目も閉じている。障害を受けた精神に応分以上の負担がかからないよう、身体活動を最小限におさえているのだ。

　周囲では活発な動きが見られる。まずはパラ心理学者モンタファス、異種族医学者グタルド、ＰＩＶスペシャリストのマティスというアラスの専門家三名、くわえて助手が十数名。そのほか、ポジトロン制御の医療機器が数台……いずれも最新鋭の検査マシンだ……まとまってブロックをつくり、騒々しく作動している。アラスたちは小声で話しているだけだが。

　医学の専門家や助手たちとはべつに監督者がひとり、やや高いところにある台座の上で、すべての会話や処置をいちいち記録している。

　もう三時間も精密検査をしているが、少女の精神混乱の原因はまだ見つかっていなかった。根本的な問題が明らかになる。スリマヴォは見かけは人間のようだが、すでに身体検査でも、メタボリズムのさまざまな細かい点がホモ・サピエンスのそれとちがうことが判明したのだ。こうなると、肉体のサンプルから読みとれることにもすべて疑問符がつく。彼女自身に由来するものかもしれないし、人工的に付加されたものかもしれない。

おまけに、それらを同胞種族と比較することもできないのだ。スリマヴォは〝唯一無二の存在〟だから。

それでもモンタファスはとにかく、あらゆる相違点を記録した。少女のからだの最初の医療ダイアグラムを作成する。そのさい、人間のものと異なる臓器がどのような機能を持つか解明することはせずに。

「こうした相違点はすべて二次的な意味しか持ちません」グタルドが結論を出した。「体内になにか異質なものがあるのは、まちがいないんですが。PIVスペシャリストのマティスにとっても、この精神混乱になにが関わっているのかは謎だそうです。微生物が原因ではないか、調べる必要があるでしょう」

ほかの専門家二名も賛意をしめす。

「血液中におかしな微生物は存在しない」モンタファスは反論した。「そうなると、もう一ステップ奥に進んで、異質な分子を探すことになるな。引きわたしのさいに少女が口にした曖昧な言葉については、評価が出たのかね？」

監督者が割りこんだ。

「ここに記録してあります。スリマヴォは自分のヴィールス船を《コクーン》、ヴィールス知性をコーと呼んでいました。この二者とのあいだに、信頼関係ともいえる深い結びつきがあるようです。そのほかは、すでにご存じの救難信号にあった言葉だけです。ここから精神状態を逆推論することはできません」

「ラボに行こう」と、モンタファスは決定した。こんなわずかな言葉だけではなにもはじまらない。「スリのなかには明らかに異質なものが存在する。それを見つけださねば」

専門家三名は眠っている少女を助手たちに託し、部屋を出た。

＊

ジジ・フッゼルは、目ざめても夢をみているような気分だった。まだ理解不能な世界にいる感じだ。ところが、そこからべつの世界に引きずりこまれる。

最初におぼえたのは、だれかにつかまれた感覚だった。うめき声をあげ、無理やり目を開く。すぐ前に、きらきら光るふたつの目があった。その上のほうには、秀でた額がつやつやしている。

「ごきげんよう、ちいさなお嬢さん」男の声が聞こえた。インターコスモだ。「わたしの名はニャル・グだ」

「つかんだ手が痛いわ」シガ星人は文句をいう。

「すまなかった」男はラボのデスク上にジジを置いて、「どうやらわたしは、とんでもないものを捕まえたようだ。スリマヴォの精神混乱を引き起こしている張本人はきみだね？」

ジジは周囲を見まわした。小部屋のなかに、ニャル・グという未知の男とふたりきり。あとは、いまいるデスクとスツールがひとつ、見慣れない機器類がいくつかあるだけだ。

「ここはどこ？」と、逆に質問で応じる。

「タフンのメド・センター」ニャル・グの答えだ。「きみは何者なんだい？」

「ジジ・フッゼルよ、ヴィーロ宙航士の。ちょっと待って！」

自分のクロノグラフをのぞきこむと、三日も意識を失っていたことがわかった。いまもまだおぼえていることを、思いだしてみる。名もなき惑星、コマンザタラ、奇妙な出来ごと……

「わたし、どうやってここに運ばれたの、ニャル・グ？」

「スリマヴォのヴィールス船のなかで見つけたんだ。《コクーン》を収容したツナミ艦はきっと、きみに気づかなかったんだな」

「四枚の葉とブルーの花があるちいさな植物を見なかった？　それとも、土の入った植木鉢は？」

「これはなんと」若いアラスは当惑したように、「まずは、きみが順を追って話すほうがいいな。どこからきたのか、なにがあったのか」

ジジはそのもとめに応じた。なにか想像を絶することが起きたと、しだいにわかってきたから。その後、ニャル・グの話を聞いた。

「つまり、コマンザタラは本当に成功したのね」と、シガ星人。「とてつもない出来ごとの力を組み合わせて利用し、スリのヴィールス船に移動したんだわ。植物はいま、どこにいるのかしら？」

「花は見なかったよ、ジジ。土の入った植木鉢はまだ《コクーン》にあるがね。きみのヴィールス・ゴンドラも見つけた。ただ、エネルギー備蓄はゼロになっている。おいで、行ってみよう」

ニャル・グはシガ星人をそっと持ちあげ、調査室を出ていく。ホールに入ると、《ココクーン》があった。ジジはこの小型ヴィールス船をはじめて見たにもかかわらず、それが体験と結びついて記憶のなかに存在していることに気づいた。そこにはスリマヴォの顔もあった。

船内に足を踏み入れる。

「コー」と、ニャル・グが呼びかけた。「聞こえているだろう。われわれ、スリマヴォないと、スリマヴォを助けることはできない」

ヴィールス船は答えない。

ジジは自分のヴィールス・ゴンドラに向かった。ニャル・グのいったとおり、エネルギー備蓄がつきている。それから、土の入った植木鉢をじっと見つめた。コマンザタラの根があった場所に穴があいている。

かたすみにパーラフォンが転がっていた。ランプはまだグリーンだ。

「コマンザタラ！」ヴィーロ宙航士は呼びかけた。「いまもどこかにいて不可視になっているだけなら、お願いだから連絡するか、姿を見せて。わたしたち、いっしょにいなくちゃだめよ。あなたを助けたいの」

パーラフォンは沈黙している。

「きみだけに関わっているわけにいかないんだよ」ニャル・グが急かした。「きみの健康状態はなんの問題もない。わたしは《コクーン》を調査しなくちゃいけないんだ。任務だから」

「わたしに手伝わせて」生物学者が提案する。「ヴィールス船のことなら、あなたよりよくわかるから。コーとも話ができると思う」

ジジのたのみを医学研修生は聞き入れ、ヴィールス・ゴンドラを船外に出した。それからふたりで《コクーン》司令室にもどる。

「コー」ジジが呼びかけた。「聞こえているのはわかってるわ。返事できないのは、あなたの自我を形成するすべてのヴィールス神経がスリマヴォと連動しているからだということも。なにもいわなくていいの。ただ、ひとつお願いを聞いてほしい」

そこでみじかい間をおく。思ったとおり、コーは反応しない。

「あなた自身とスリマヴォに由来しない物質成分をすべて、《コクーン》からとりのぞいてちょうだい。とても重要なことなの」

「意味がわからないな」若いアラスのコメントだ。

「かんたんな話よ」ジジ・フッゼルが説明する。「スリマヴォの体内に異質なものがあるとしたら、それはここにもあるにちがいないわ。その残存物がまだあるなら、コーはそれを除去しないと。たぶん、わたしたちもシュプールを見つけられる。コーが応答しないのは論理的だわ。スリに対する一種の同情表明ね」

「あれを！」ニャル・グが興奮して上方を指さした。

かれの頭上にアンプル数本とフォリオの束が浮かび、出口のほうへと漂っていく。

「追いかけよう！」

アラスはシガ星人を引っつかむと、船外に出てホールに入った。奇妙な物体は床にきちんと置かれている。ニャル・グはジジを下におろした。

「なんなのか、見当もつかないわ」と、ジジ。

ニャル・グは急いでフォリオに目を通す。口を結んだまま何度か首を振り、

「イルミナ・コチストワが書いたものだ」と、きっぱりいった。「わたしの判断が正しいとしたら、これがスリマヴォの問題を解決する鍵になる。モンタファスのところへ行こう。あの老いぼれ、目をまるくするぞ」

かれはヴィールス・ゴンドラもろともシガ星人をそのへんの容器に入れると、もよりの反重力シャフトに駆けこむ。一分もしないうちに、スリマヴォの病室の隣りにあるラボに押し入っていた。

モンタファスをはじめとする三名のチームが集まっている。ちょうどパラ心理学者が話しているところだ。

「……明らかにまったく未知のペプチドと確認された。それがスリの記憶におよぼした影響を正確に突きとめるのはまだこれからだが、このペプチドは特定の性格的指向を変貌させる、あるいは抑圧するような分子成分を持つ。非常に複雑な構造のため、現状では謎を解くのに数週間かかるだろう。スリの肉体は二種類のペプチドに満たされ、その一方が他方を攻撃・死滅させているのだ。この〝分子間戦争〟は、戦争の舞台となる肉体によって異なる経過をたどる。スリの場合は、それが脳内の副反応につながったということだな。お騒がせ男のニャル・グ、なにをしにきたのかね？」

「賢明なるわが父上」医学研修生は語りはじめた。「さすがです。正しいシュプールを探しあてましたね。しかし、まだ問題解決には遠い。実際、数週間かけないとすべてを理解することはできないでしょう。ですが、幸運にも、あなたに協力できる者が三名います。ひとりはわたし、ふたりめはここにいる女シガ星人。ジジ・フッゼルといって、わたしが《コクーン》内で見つけました。三人めはあなたもよくご存じのイルミナ・コチストワです。メタバイオ変換能力者は、ヴィーロ宙航士としてエスタルトゥに向かったのですが」

「ニャル・グよ」モンタファスはきびしい声でさえぎった。「底なしのあつかましさと、上司の重要な作業を妨害する行為により、第三次テストの受験資格剝奪とする」

医学研修生はにやりと笑って老専門家に歩みより、

「くびですね、わかりました。でも、まずはこの資料を読み、このアンプルを調べてみてください。そのあとで、わたしの再採用について話し合おうじゃありませんか」

＊

二時間後、タフンからのデータがギャラクティカムにとどいた。三百八十三名の銀河評議員を擁するギャラクティカムは実質上、銀河系の政府機関といえる。それが銀河医師の報告を受け、爆弾を投げこまれたような騒ぎになった。この報告が持つ政治面での衝撃には、スリマヴォの不穏な運命すら背景にかすんでしまうほど。

〝法典分子〟という新語をだれもが口にする。この正体不明の物質がどう作用するのかは、多くの評議員にとり謎のままだ。タフンのアラスによると、もうじきかならず平明な言葉で説明できるようにするとのことだが。

イルミナ・コチストワとスリマヴォの道が同時に交差し、抗法典分子血清が……また《ほかの》の名をキラー・ペプチド、法典フォビン、抗マッチョ薬ともいうらしい……〝無料配達〟されることになったわけだが、それを聞いても不安はしずまらなかった。銀河医師たちによれば、近いうちにキラー・ペプチドの大量生産が可能になるというが、そのような薬物を使うことの恐ろしさを考えると、単純によろこべない。

それよりもっと衝撃だったのは、アンソン・アーガイリスひきいるハンザ・キャラバンが殲滅されたという切れ切れの通信メッセージ内容が、どうやら正真正銘の事実らしいことだ。

ティグ・イアンという名の第二のソトが巨大艦隊をしたがえ、銀河系に向かっているという。もうじき、しし座の宙域にあらわれるらしい。それがなにを意味するのか、憶測はさまざまあれど、ギャラクティカムはなんの結論も出せずにいる。

しかし、あれこれの方策はただちに実行にうつされた。

まず、銀河系周縁部に偵察船を派遣する。これまでに判明した事実にかんがみ、この方策の重点は球状星団NGC5024におくことにした。ポルレイターのあらたな故郷であるM-3すなわちNGC5272から遠くない宙域だ。

次に、銀河系全域に警報を発令する。

ところが、三つめの方策は効果なしとすぐにわかった。ギャラクティカムはストーカーにコンタクトを試みたのである。エスタルトゥにおける未曾有の出来ごとについての説明および、それに関連して、十万隻からなるソト艦隊がアンソン・アーガイリスのハンザ・キャラバンを殲滅した件に関する情報を得ようと思って。しかし、これは不成功に終わる。数時間たってもタル・ケルから連絡はなかった。《エスタルトゥ》とストーカー自身の居場所はだれも知らない。

タフンからの知らせには、女シガ星人ジジ・フッゼルのこともあった。彼女が探しているコマンザタラという名の若い女性植物が、タフンの近くか銀河系のどこかにいるらしい。ただ、このニュースは銀河評議員たちの興味をまったく引かなかった。

スリマヴォの容体は数日や数週間で治癒するものではないと、すくなくとも首席テラナー兼ギャラクティカムの銀河評議員であるシーラ・ロガードにはわかっていた。ヴィシュナの具象は法典分子にもキラー・ペプチドにも、ちがった反応を見せるはずだから。

八月五日の朝、さらにメッセージが入る。これにより、銀河評議員のなかでタフンからの報告の信憑性をいまだ疑っていた者たちも、現実を直視させられることになった。

派遣された偵察船が知らせてきたのだ……くるといわれていたソト艦隊が、予想どおりNGC5024近傍に出現したと。

十万隻という数を聞いて、多くの者は顔をくもらせた。とはいえ、正確な兵装や戦力は不明だ。ところが、やがてソト＝ティグ・イアンの旗艦《ゴムの星》が確認されると、これがストーカーの《エスタルトゥ》と瓜ふたつだとわかる。

最初の報告はまだ映像つきではなかったが、のちにショッキングな事実が判明した。数名の専門家がソト艦隊内の交信傍受に成功し、記録・暗号解析したところ、多数の未知生物の存在がわかったのだ。これも驚きだったが、もっと驚いたのは、そこにテラナーがふくまれていること。

そのひとりにジャン・ヴァン・フリートがいた。消えた《ツナミ114》の艦長である。

さしあたり最後となるショックに見舞われたのは、ソトの映像が入ってきたときだ。ティグ・イアンは通常でも、ストーカーが究極の戦闘モードにあるときの姿をしていたのである。

＊

そのストーカーは相いかわらず音沙汰なしのままだった。

「あんたは無為にここで座しているだけだ！」スコルシュはわめきちらした。「みじめな意気地なしめ。かれら、あんたの陰険な背信行為を祝福しているが、あんたは権力を新ソトに委譲することもせず、いたずらに日々を浪費してきた。ティグ・イアンがＮＧＣ５０２４で待っているんだぞ。忠誠も名誉も失われたな。恥を知れ！」

「誹謗中傷はよせ！」ストーカーがいいかえす。「エスタルトゥの政治状況をなにもわかっていないくせに。よく考える必要があるのだ。あの〝偽造ソト〟の狙いがまだ明確ではないのだから」

「明確なのは、あんたが負け犬だってことさ。なにひとつ達成できなかった。とるにたりないウパニシャド学校をいくつか設立しただけだ。イーストサイドでは肘鉄を食わされたし、促成栽培したお気にいりの生徒は小型船百隻をかき集めるのが精いっぱいじゃないか。自分の無能を認めろ、ストーカー。わたしはお見通しだぞ。あらゆる点で自分を凌駕《りょうが》する新ソトに対抗するつもりだろうが、ギャラクティカム偵察船の報告を読んだかね？　読んだのなら、ティグ・イアンがあんたみたいに眠ったような姿じゃないとわかっただろう？　かれは完璧な戦士だ。あんたこそ不良品のにせものだよ」

「もう一度わたしの本当の姿を見たいなら、いつでも見せてやるぞ」ソトが脅すようにいった。「おぼえておけ、つまらん小人よ。わたしはエスタルトゥの意志にしたがって行動している。それを妨げることは、おまえにはできない」

「あんたはおしまいだ、ストーカー！」進行役は鋭い声で主人をあざけった。「時間切れだよ。無能な者は回収される」

「もう一度、警告する。いいか、これが最後だ」ストーカーは威嚇（いかく）の姿勢をとった。

「あんたはわたしに指一本触れられないさ。あらたな唯一無二のソトが待っているんだから。法典のもとめにしたがい、儀式ですべての権限を委譲するんだ」

「やつには待たせておけばいい」

「もしかしたら、無理やり自分を納得させているんじゃないか、ストーカー。いくらティグ・イアンが法典に忠誠を誓っていても、かれの忍耐にだって限度があるぜ。あんたがこのまま背信行為をつづけるなら、かれも行動するしかなくなるだろう」

ストーカーはわざとゆっくり立ちあがり、

「よく聞け、侏儒！」と、恐ろしげな歯をきしませた。「ティグ・イアンだの背信だの負け犬だのという言葉を、金輪際（こんりんざい）わたしに聞かせるな。それができないなら、ひねりつぶすぞ！」

スコルシュは甲高（かんだか）い声で笑い、走り去った。

6

NGZ四三〇年八月十一日。

張りつめた静寂の六日間が過ぎたところだ。

新ソトの艦隊は待機状態で、動きはない。多数の艦船からなる部隊はなんら行動を起こしていないと、偵察船が報告してきた。

タフンでもスリマヴォの容体に改善のようすは見られないが、専門家たちがギャラクティカムによこした極秘メッセージによると、法典分子およびキラー・ペプチドの謎は解明されたという。血清の製造にも着手し、数種族のさまざまな構成員でテストしたところ、ポジティヴな結果が得られたらしい。全員、イルミナ・コチストワが描写したとおりの反応をしめしたそうだ。

反応が異なるのはスリマヴォだけだった。ただ、その問題も近いうちに解決できるだろうと、銀河医師たちは確信している。

エスタルトゥからきた艦隊の規模に関しては、いまでは正確な情報がわかっていた。

わからないのは、各艦船の目的だ。とりわけ、二十隻の巨大船がなにを意味するのか、謎であった。

ストーカーからは相いかわらず連絡がない。《エスタルトゥ》でどこか星々のあいだに潜伏しているのだろう。アルコンⅠでジュリアン・ティフラーとニア・セレグリスが編成した部隊についても同様だ。八月六日にスタートしたものの、その後は姿が見えなかった。

この部隊とストーカーの関係について、ギャラクティカムでは憶測があれこれ飛びかっている。法典分子と、ウパニシャド学校生徒の肉体的・精神的変貌の関係についても。銀河評議員たちはしだいに真実に近づきつつあった。

ある日の正午ごろ、新ソトは十六隻の船をスタートさせた。防御バリアは展開せず、何者にもじゃまされずに。十六隻は銀河系周縁部の六万八千光年にわたって分散し、半球形に展開すると、そのポジションにとどまった。偵察船はこの動きを確実に追って報告してきたが、直接の行動に出たり、まして衝突するようなことはしない。エスタルトゥ艦隊の十六隻は居住惑星から遠いところにいて、まったく無害なようすに見えた。

ところがその後、銀河系のほぼ全宙域にわたる八チャンネルを経由して、ハイパー通信が入った。ファンファーレが鳴りひびき、第三の道のシンボルがうつしだされる。

ソト＝ティグ・イアンの意図は明らかだった。銀河系諸種族に話したいことがあるのだ。メディアはこのメッセージを放映するべく、大急ぎで動きだした。

ティグ・イアンはギャラクティカーのために十五分待ってから、語りはじめた。

「わたしはティグ・イアン。新ソトであり、将来は唯一無二のソトとなる者だ」その声は非情で威厳に満ちていた。背景に、エスタルトゥ十二奇蹟の映像がフェードインしてくる。だが、新ソトはそれには言及せずにつづけた。「わたしがやってきたのは諸君にエスタルトゥの恵みをもたらすため。銀河系諸種族よ、祝福に満ちた未来が待っている。しかし、それを伝える前に、あるみじめな負け犬の背信者について話そう。銀河系のわが友たち、諸君はみなその者のことを知っている。かつてのソト、タル・ケルだ。ストーカーの名を思い浮かべることだろう。エスタルトゥの奇蹟を知り、多くの者はそれをみずからの祝福を告知するため。諸君はエスタルトゥがかれを派遣したのは、みずから体験するべく出発した。全宇宙を探しても、これ以上に見るべきものは存在しない」

十二奇蹟の映像がふたたびくりかえされ、最初にこれが流れた意味が明らかになる。

「すばらしきギャラクティカーたちよ、いまからわたしがどこか星々のあいだにひそんでいるストーカーに語りかけるから、諸君にも聞いてもらいたい。

無能ぶりをさらけだしたストーカー、もうおまえに価値はない。わがエルファード人部下のもとめに応じ、ソトの地位を委譲せよ。わたしの声は聞こえているだろう。ネズミ穴から出てこい。法典を知っているはず。あらたなソトを目にしてそのメッセージを聞いた者はだれも、おまえのいうことなど聞きはしない。これが最後の呼びかけだ、ストーカー。出てこないなら、こちらから捕まえて粉々にするぞ」

新ソトの姿が画面に登場する。

その外見から伝わってくる荒々しさはあとまで強い印象をのこすもので、多くの者はスクリーンから目をそらした。

「銀河系のわが友たち」ティグ・イアンがつづける。「わたしを恐がる必要はない。諸君にたしかな未来を保証する栄光の道、第三の道については聞いているだろう。諸君の偉大な指導者の多くはすでにコスモクラートに背を向けた。これはじつに正しい。こうした賢明かつ強大なギャラクティカーは諸君の手本となる。ただ、かれらは前々から知っていた……カオタークとその手下に代表される悪の勢力もまた、自分たちの害になるだけだと。のこる選択肢はただひとつ、エスタルトゥの諸種族が数千年もすばらしい成果をあげてきた、第三の道だ。これについても諸君は、臆病者の策士ストーカーから聞いたことがあるはず。だが、ストーカーはこれを諸君に対し、ろくに納得させられなかった。かれは役たたずで、ただひとつの真実を、嘘と姦計によってひろめようとした。第三の道を歩む一歩は、もっとかんたんに踏みだせる。〝恒久的葛藤〟を知ることだ。これがあれば飛躍的進歩が約束され、強さを得られる。コスモクラートもカオタークも震えあがり、次元のかたすみにもぐりこむだろう。恒久的葛藤は諸君を保護し、助け、真の自由をあたえるものだ」

多くの未知種族の映像がうつしだされた。ヒューマノイドだが、まったく異なる種類の生命体ばかりだ。ひとつだけ全員に共通するものがある。その顔から、名状しがたい感情が発せられているのだ。幸福、満足、健康、信頼……その他、多くの言葉を代弁してあまりあるものが。

「ストーカーは無能だ」新ソトは話の筋をもどした。「弱腰で自己中心的だった。諸君の新ソトは、かれとはまったくタイプがちがう。わたしは誠実で、嘘も策略も汚い取引も許さない。背信者が技巧を凝らした陰謀論を展開したのは、もう過去のこと。いまから新しい時代がはじまるのだ。それを諸君に約束しよう、銀河系の友たち」

新ソトは手をこぶしに握った。

「わたしにしたがい、行動せよ！　美辞麗句も虚偽も、身勝手な行為や奸策もやめ、明確な意志と力でもって汚れなく進むのだ。精神の勝利はすぐそこにある。諸君をあざむいた者のことは忘れて、わたしにつづけ！」

そこでティグ・イアンは口を閉じた。第三の道のシンボルがスクリーンに浮かびあがり、ファンファーレの音がしだいにちいさくなっていく。

ギャラクティカムは困惑した顔であふれていた。

多くの評議員が考えていることを、シーラ・ロガードが声に出す。

「ストーカー以上に野蛮な者のようね。前の策士より直情的だし、本気度が高い。だけど、救済論を力ずくで説くやり方なんて、断じて気にいらないわ。わたしはこのティグ・イアンもやっぱり信用できない。全評議員に申し送ります、細心の注意をはらう時がきたと。それから、もうひとつ。アンソン・アーガイリスとハンザ・キャラバンに実際なにが起きたのかしら？　それが明らかになるまでは、性急な行動は禁物よ」

全員一致でシーラに賛成した。彼女の隣りにすわっていた惑星トプシダーの銀河評議員、老賢者イカサルが腕を振りまわし、小声でいう。

「しょっちゅう考えてしまうよ。ペリー・ローダンがここにいてくれたら、と」

＊

宇宙ハンザが近ごろギャラクティカムに統合されて以来、評議会はコズミック・バザール〝ベルゲン〟で開催されるのがふつうになっていた。ベルゲン・バザールというのは強者ムルコンが所有していたかつての播種船《ノーゲン＝ツァンド》で、宇宙ハンザ設立当時から大マゼラン星雲にある。銀河系までの距離は十七万六千光年もあるため、不便に思えるかもしれない。だが、卓越した通信連絡手段のおかげで、その不便さは完全に帳消しとなる。

本来の故郷からはなれているという感覚が心理的に自由な思考を可能にするし、ほかにも利点があるのだ。銀河系全域に大きな危機が迫ったとしても、最高議決機関は自動的に危険地帯から遠い場所にあるわけだから。

新ソトの熱のこもったスピーチが終わってまもなく、宇宙ハンザの最高責任者ホーマー・G・アダムスが到着した。この財務の天才はストーカーと組んでいたこともあるため、いまだに真意を疑われている。かれはただちにシーラ・ロガードのもとを訪れ、まずギャラクティカムの総意について情報を得たのち、いきなり新事実を持ちだした。

「ソト艦隊の乗員にツナミ艦長ジャン・ヴァン・フリートがいることは聞いた。ほかにも偵察船がNGC5024で通信傍受して得たものがある。これまた驚くぞ。見ろ！」

アダムスは首席テラナーに二枚の写真をさしだした。

シーラ・ロガードはちらりと見ただけで、

「どちらも知りませんけど。だれですか？」

「きみもわかっていると思うが」アダムスはややもったいぶって話しはじめる。「わたしはつねに宇宙ハンザのために行動する。だからこそ、ブリーの《エクスプローラー》複合体のスタートに先立ち、密偵四名をひそかに乗りこませたのだ。ハンザ・スペシャリストのアギド・ヴェンドル、ドラン・メインスター、ミランドラ・カインズ、コロフォン・バイタルギューだよ。かれらの任務はエスタルトゥ宙域の実地における新市場調査だ。ところが、いままで四名からなんの連絡もない。ま、驚くことではないが」

「それで?」シーラが急かす。

「この二名はアギド・ヴェンドルとドラン・メインスターだ」と、半ミュータント。

「ソト艦隊の内部通信のなかにふくまれていた情報からわかった」

「つまり、新ソトの同行者のなかには行方不明のツナミ艦乗員だけでなく、エスタルトゥに向かったヴィーロ宙航士もいるわけですね。そこでなにが起きたのか、すべて判明したわけではありませんけど、いくつかわかったことがあります。残念ながらまだ声を聞けていないスリマヴォが、奇妙ないきさつで、ジジ・フッゼルというシガ星人とともにタフンに行きついたんです。そのジジはいまどこにいるか知りませんが、なんでも変わった植物をなくしてしまって、それを探しているとか。彼女の報告は不完全で、ところどころ矛盾しているものの、エスタルトゥの状況はストーカーがわたしたちに信じこませようとしたほど平和ではなさそうです」

「その件でひとつ解せないことがあるのだが」アダムスが口をはさんだ。「ブリーにしろロワにしろロンにしろ、ヴィーロ宙航士たちの指揮官がだれも消息を知らせてこないのはなぜだろう? ヴィールス船一隻を銀河系に派遣して情報を伝えさせればすむことなのに」

「なにかに妨害されたのかも」首席テラナーは考えこみ、「もしかしたら、送りだした伝令船がどこかで捕まったのかもしれません。わたしの印象だと、エスタルトゥを訪れた者はみんなだれかに徴兵されたような感じなんです。それは新ソトかもしれないし、エスタルトゥ自身かもしれない」

「恐ろしい考えだな。そんな話を聞くと、自分が思った以上にストーカーの罠にはまったのかもしれないという疑いが強くなるよ。かれの手がかりはつかめたか？」

「注意！　こちらベルゲン司令本部」その声は、シーラが口を開く前に聞こえてきた。「一宇宙船が接近中。《エスタルトゥ》です。ストーカーがコンタクトをもとめてきました。銀河評議員たちと対話したいそうです」

「噂をすれば影だ」アダムスがにやりと笑う。「ちょうどいいところにきた。親友〝ガーシュイン〟がかれのことをいまどう思っているか、聞かせてやろう。わたしがすこしばかり対話に参加しても、きみはかまわんだろうね？」

「もちろんです」シーラ・ロガードはそう答え、急に考えこんだ。「思ったんですけど、六日間もまったく音信不通だったのに、いきなりまた対話したいといってきた。ストーカーの心変わりのきっかけは明白ですね……新ソトのスピーチを聞いたんだわ」

ギャラクティカムのベテラン議長であるプラット・モントマノールが大急ぎで応対チームを編成し、銀河評議員十二名をストーカーと直接対話させることにした。確たる戦略を準備している時間はない。チームメンバーにはシーラ・ロガードのほか、ホーマー・G・アダムスとトプシダーのイカサルもいる。

ソトを出迎えるのはフォーラムの隣室のひとつだ。そこでの経過はチームメンバー以外の銀河評議員たちも間接的に追えるし、場合によっては質問を介して直接、会話や行動に影響をあたえることもできる。

ストーカーの登場はすこし異様な感じがした。両腕をひろげたまま部屋に入ってくると、大げさな挨拶の辞を述べる。とりわけ〝最高の理解者である親友ガーシュイン〟に心のこもった言葉をかけるが、アダムスは冷ややかな態度のままだ。

ほかにも目を引くことがあった。スコルシュがつきそっているのはいつものことだが、ソトのミニチュア版である進行役は今回、大型ロボットの金属アームにがっちりつかまれている。

「ただいま、銀河系の友たち」ストーカーは全評議員のほうを向いた。「なぜわたしが数日のあいだ音信不通だったか、いぶかったことだろう。単純かつ重要な理由があったのだ。至急、調査しなければならないことができてね。やっと完了し、きみたちの質問に答えようともどってきた。それがすんだら、あることを伝えたい。なによりきみたちの興味を引くはずだ」

シーラ・ロガードが切りだした。

「まず、根本的な質問をひとつ。NGC５０２４に出現した見慣れない大艦隊の正体はなんなのです？」

「そう訊かれると思った」ストーカーはこれ見よがしに安堵の息をつき、「それこそまさに、わたしが調査に出かけた理由だから。実際、想定外のことが起きたのだ。さいわい、その艦隊にはソト＝タル・ケルに忠実な者たちがまだいた。情報に近づくのは容易ではなかったが、わたしはきみたちのためなら労を惜しまない」

アダムスとシーラは意味ありげに目を見かわした。

「話を小出しにしているな」と、財務の天才がつぶやく。

「本題に入ってちょうだい！」首席テラナーはきびしい口調でうながした。

「わかっているとも」ストーカーが急いでつづける。「わたしは平和的政治手法を充分に会得した。だれにも強制されることなくウパニシャド学校の提供について説明し、きみたちはそれを受け入れた。わたしはきみたちに協力して通商関係の拡大につとめ、銀河系全種族の利益を考えて行動した。わたしは……」

「早く本題を、ストーカー！」シーラ・ロガードがふたたび口をはさんだ。「われわれが興味あるのは現在のことなのよ」

「遺憾ながら、わたしのそうした平和的政治はエスタルトゥのいくつかの勢力にとって、しゃくの種となった。きみたちも知ってのとおり、どこの世界にも激情家というのが数名いて、ものごとはすんなり進まない。やがてエスタルトゥに敵対する一グループが反乱を起こし、その意のままになる連中が集結した。エスタルトゥの意志を考慮する者は皆無だった。それればかりか、これら反乱分子たちは、わたしがスティギアンと呼ぶ者を〝反逆ソト〟に選出したのだ。あの大艦隊は、きみたちを力ずくで転向させるためにやってきた。わたしはそれを愛と誠意と忍耐で実現しようとしたのに。力ずくの転向が成功したなら、反逆ソトは故郷にあらたな地歩を築くことになる。そうなると、信念なき暴力の道が永遠につづくだろう。まだスティギアンは行動に出ていない。実地での戦術を検討中だから。ただ、すでにフル稼働で極秘調査をしている」

「われわれ、ものごとをそんなふうには見ていなかった」トプシダーのイカサルはすこしほっとしたようだ。「つまり、この騒ぎはきみが起こしたわけではないのだな、ストーカー？」

「もちろんちがうとも」ストーカーは立腹して、「わたしをなんだと思っている？　きみたちを脅したり、巨大艦隊をさしむけたりしたことが、これまでに一度だってあったか？」

ギャラクティカムはストーカーに気づかれないように決をとった。エスタルトゥ艦隊に関するかれの説を事実と思うか。

ノーが百九十九名に対して、イエスは四十八名。ただし、態度保留が百三十六名いたので、採決は無効となる。

「これは銀河系にとって大きな脅威だ」骨張った生物はつづけた。「わたしも気にいらない。当然ながら、きみたちを守るためにあらゆる策を講じるつもりだ。すでに、できるかぎりの兵力を動員した。わがパニシュやシャドや上級修了者たちのほか、ウパニシャド学校を訪れたことがない多数のギャラクティカーも自由意志で参加してくれ、ゆうに百隻を超える戦闘艦が集まったのだ。偽ソトのスティギアンにもまだ発見されていない。とはいえ、いくら優秀な戦士や兵士ばかりでも、これっぽっちの小部隊で戦うとなればひるんでしまう。わたしひとりで数をそろえるのは無理だ、敵はあまりに優勢だから。スティギアンの艦隊はすくなくとも十万隻。こちらとは桁がちがう。そこで、きみたちにぜひお願いしたい。出動可能な船をすべて拠出してくれ。きみたちは偽ソトを打ち負かすのに必要な戦力を持っている。それがあれば、銀河系全種族は恐ろしい危機を回避できるだろう。同時に、エスタルトゥの恩寵によって進化のステップを数段、飛びこえられるかもしれない。われわれの友情は未来永劫、ゆるぎなきものとなる」

「言葉だけならいくらでもいえるが、本当のことなのか？」アダムスが首席テラナーに向かってつぶやいた。「どうも疑わしい。われわれ、性急に結論を出す前に話し合わなくては」

　というわけで、会議が招集された。

7

　ストーカーとスコルシュは《エスタルトゥ》にもどった。ギャラクティカムの会議がどれくらいかかるかわからないので。今回、評議員は全員プラット・モントマノール議長のもとに集結している。

　議長はことの重大さにかんがみて、各評議員の持ち時間を二分に制限した。すなわち、だれもが自分の考えを多少述べるしかできないということ。これではまったく結論にいたらないことは、すぐに明らかになった。

　やがて、ホーマー・G・アダムスの番がきた。

　背中の曲がった小男は、いろいろな意味でいまではすっかり象徴的人物となっている。演壇にあがると、前置き抜きに話しはじめた。

「銀河評議員の諸君、諸君の何名かはストーカーの意見になびいているようだが、かれの計画していることは戦争を意味する。戦争は悪だ。わたしはストーカーという者を研究する機会がほかのどのギャラクティカーよりもあった。はっきりいおう。ストーカーはおのれの個人的な目的のためにわれわれを利用しようとしているのだ。かれの姦計や巧妙な手口についてはよく知っている。エスタルトゥの勢力は、ストーカーに任務をあたえたのと同じように、かれの対戦相手としてもうひとりのソトを誕生させたのだと思う。ストーカーは善の、ティグ・イアンは悪の体現というわけだ。エスタルトゥの諸勢力はこの単純な図式を使ってわれわれに武器をとらせ、戦いに引きずりこんで、いわゆる第三の道を押しつけようというのだろう。わたしもすべて見通しているわけではないが、根本的には絶対にまちがっていない。これが恒久的葛藤というやつだ。いますぐストーカーに面と向かって話したい。しかも、ここギャラクティカムで。この提案について、採決をたのむ」

アダムスの採決動議は三百三十二対五十一で可決された。ストーカーに非難の言葉を伝えるという提案についても、三百五十一対三十二で賛成が反対を上まわる。

「ストーカーをここへ」プラット・モントマノールが宣言した。「会議はいったん中断する」

数分後、ソトが大会議場にあらわれた。スコルシュもいっしょだが、やはりロボットにつかまれている。モントマノールはストーカーをアダムスの演壇の近くに連れてきた。

議長の合図で半ミュータントが口を切る。

「わたしがこれから話すことへの態度を明らかにしてもらいたい」

次にアダムスは、評議会で話したのと寸分たがわぬ言葉を使ってストーカーへの非難を述べた。

「どうしてそのような見解にいたったのか？」骨生物は驚愕したように大声で、「すべてはまったくのたわ言だ。それ以上いうことはない」

このとき、進行役が鋭い叫び声をあげ、ロボットの鋼の鉤爪を振りほどいた。ロボットはスコルシュを捕まえようとするが、失敗に終わる。

小生物はプラット・モントマノールの議長席に跳びあがると、マイクロフォン・リングに向かってきいきい声を張りあげた。

「よく考えてほしい！　わたしがなぜロボットの手のなかでおとなしくさせられていたか。そうすれば、おのずと真実がわかるはず」

「会議の場を暴力沙汰で汚してはならない！」議長が叫ぶ。「あのロボットを追いだせ！」

床に突然、隙間ができて、恐ろしげな戦闘マシンがパラトロン・バリアを張った状態で出現。ストーカーのロボットをつかみ、あっという間に議場の外に出した。

「では、聞いてくれ。ソトを自称するこの男は」と、スコルシュがストーカーをさしめし、口角泡を飛ばしてしゃべる。「世界でいちばん陰険で悪辣なやつだ。存在する資格はない。不名誉きわまる臆病者で、憎むべき陰謀家で、みじめな役たたず。もっとも粗暴なやり方で法典の戒律にそむいたのだから。ガーシュインは真実の一部を突いたが、ストーカーが瀕死の状態ということは見逃している。かれはきみたちをそそのかし、不幸におとしいれる気だ。それはすべて、生きのこりをはかろうとする最後の試みにすぎない」

進行役は大きくひと跳びし、ことのなりゆきを硬直して見守っているソトに近づくと、「無能なあんたに命じる、ストーカー。もういいかげんに名誉ある行動をとり、新ソトの前にひざまずけ！」

そのあとのことはあまりに急だったので、なにが起きたのか議長も評議員たちも、だれひとり把握できなかった。

ストーカーがたちまち究極の姿に変身し、背嚢（はいのう）からプシ・プレッサーの鞭（むち）を八本くりだしたのだ。パニックに駆られて驚愕の悲鳴をあげるスコルシュに跳びかかり、鞭で捕らえる。その先端から集束エネルギーが進行役に襲いかかり、炎の雲でつつみこんだ。ギャラクティカムの保安システムが作動して、荒れ狂うソトの周囲をエネルギー壁でかこむ。だが、時すでに遅し。スコルシュの姿は跡形もなかった。

しかし、もう介入の必要もなくなっていた。強大なソトはみじめさの塊りとなり、床にうずくまるだけだったから。

＊

エスタルトゥおよび、そのすべての力と精神にかけて！

わたしはなにをしてしまったのだ？

からだにぽっかり穴があいたような空虚感をおぼえる。

支えとなるものは、もう存在しない。どうしてこんなことになったのか？

なぜ欲望のままに行動してしまったのか？

答えは見つからない。

ヒューマン・ファクターのせいとしか考えられなかった。

すべてのことには深い意味があるはず。

だが、いまやわたしの存在に意味はあるのか？

おのれの良心を殺してしまったのだから！

パイロットをつとめてくれる相手を。

輝かしい歴史のなかで、このようにひどい事件が起きたことはかつてない。ソトがその進行役を手にかけるとは。

それを、このわたしがやってしまった！

どうしていいかわからない。

銀河評議員の全員がわたしを嫌悪の目で見ている。

しっかりしなくては。チャンスをつかむのだ。進行役がいなくても、やりとげなければならない。

わたしは強大な存在だ。これからもずっと。

自分がふだんの姿にもどったのを、しだいに感じはじめた。

なにもかも夢のなかの出来ごとのようだ。

しかし、まぎれもない現実である。

「早くエネルギー・バリアを切ってくれ」と、たのんだ。

議長の合図でバリアが消滅。また問題なく動けるようになる。わたしは最後の切り札を出すことにして、

「銀河評議員の諸君」と、口を開いた。「スティギアンがどれほど無思慮な行動に出たか、これでわかったと思う。偽ソトはわたしのだいじな進行役をだまし、自分の信奉者にしたのだ。スコルシュがきみたちに害をおよぼさないためには、殺すしかなかった。きみたちならわかるだろう。わが選択を尊重してくれるはず。だからこそ、もう一度いう。あらゆる手をつくして、あの悪党に立ち向かおうではないか。きみたちは感じていないだろうが、かれは悪の権化だ。わたしはずっと熟慮して……」

「熟慮するにはおよばない」モントマノールがさえぎる。「わたしに関していえば、や

るべきことはわかっている。出ていってもらおう、ストーカー。もう用はない」

ギャラクティカムの議長は立ちあがり、出口をさししめした。評議員たちが脇により、道をあける。

「自発的に出ていかないなら、きみが使ったのと同じ暴力的手段によって追いだすことになるぞ」モントマノールがつけくわえた。

認めるしかない。戦いに負けたのだ。

わたしは議場を去った。左右を見ることなく、ひと言も発することなく。

冷たい沈黙だけを道連れに、《エスタルトゥ》に接続した転送機へと向かう。

心休まることはない。なにかが欠けているから。それはスコルシュの存在だとわかっていた。

《エスタルトゥ》に乗りこんでも、やはり沈黙が待っていた。ギャラクティカムで対峙したよりも致命的な沈黙が。こちらに味方する乗員はひとりもいないのがわかる。わたしと縁を切ると、心のなかで決めたようだ。コズミック・バザールでのなりゆきを追っていたにちがいない。

侮蔑的な視線は耐えがたいものがあった。

近くにいればまだこちらにしたがうだろうが、機会がありしだい、新ソトの側に寝返るのは明らかだ。

この空虚感のほかに、自分にのこっているものはなにか？

ギャラクティカーで構成されたシャド戦士たちだ。

かれらはわたしに忠誠を誓うかたちで、エスタルトゥの息吹を吸いこんだ。わたしだけにしたがうはず！

かれらの存在があるではないか。

空虚感と名誉喪失のほかに。

「スティギアンよ」と小声でいった。まわりにはだれもいない。《エスタルトゥ》はスタートしたところだ。「わかっているな。真のソトはけっしてあきらめない！　いずれそれを思い知ることになるだろう。《エスタルトゥ》にかけて誓う！」

＊

ギャラクティカムは迅速に行動した。

会議の場に公共メディアが入っていたから、ストーカーの登場および進行役スコルシュ殺害事件は野火のごとく銀河系全域にひろまるにちがいない。いまや肝心なのは、ギャラクティカムがこの事件をどう評価したか、どういう結論を出してなにを進めるのか、全惑星の政府機関に情報を伝えることだ。

この情報は極秘チャンネル経由で流された。

結果として、全政府機関に要請された内容は次のとおりである。いかなる状況であれ、過剰な騒ぎが起きないようにすること。とりわけ、いずれかのソトやその同行者たちとのあいだにけっして対立が生じないようにすること。

この緊急決定ののち、ギャラクティカムは種々の審議会に分散した。まずは各グループが別個にテーマを決め、それぞれ喫緊の課題にとりくむことにしたのだ。

ストーカーについて。新ソトとその艦隊について。ティフラーの部隊について。法典分子とキラー・ペプチドに関する医学的研究について。アンソン・アーガイリスのハンザ・キャラバンについて。その他もろもろ、全般的保安問題にいたるまで。

その後しばらく、コズミック・バザール〝ベルゲン〟ではこれまでになく活発な動きが見られた。

審議会における全経過と入ってくる報告は、プラット・モントマノールの危機管理スタッフが調整する。スタッフのなかにはシーラ・ロガードもいた。

そのシーラが最初に受けたのである……エスタルトゥ艦隊の一隻が待機ポジションをはなれ、銀河系中枢部にコースをとったという報告を。

＊

宇宙ハンザの特務艦隊に属する《ツナミ113》は長く消息不明だった。姉妹艦《ツナミ114》も同様だが、その残存物質がもう存在しないというところまでは明らかになっている。ぜんぶで八十四名いた両艦の乗員については、どうなったかだれも知らない……おそらくストーカーと、故郷惑星の近くにもどってきた四十八名の生存者はべつにして。

しかし、この少数のテラナーたちにとり、ツナミ艦のその後の運命などどうでもよかった。命を落とした友や敵対者のことについても、ほとんど意識にのぼらない。かれらはシャドとなり、戦士イジャルコルの輜重隊メンバーに名を連ねている。さらにこの輜重隊は、新ソトのティグ・イアンがNGC5024で待機させている部隊に属していた。NGC5024はM-53とも呼ばれる球状星団である。

四十八名は全員、好戦的なシャドだ。シオム・ソムの戦士学校で、ウパニシャドの第三段階から第七段階までをおさめた。すでに多くの者は防御に関するきびしい試験をパスしている。

ソト＝ティグ・イアンから、銀河系住民に狙いを定めた作戦に向けて専門家五十名が必要だと聞かされたとき、戦士イジャルコルは迷わずこの四十八名を指名した。かれらなら現地の事情にもっとも通じているし、無条件に信用できるから。

五十名を用意せよ！　その命令を、イジャルコルはきっちり受けとめた。かつてのテラナー四十八名にくわえて、エルファード人ヴォルカイルが仲介してきた者が四名いる。

ハンザ・スペシャリストだ。この四名はエレンディラ銀河の〝隠者の惑星〟におけるクロレオン人闘争のさい、のちにトシンの宣告を受けたヴィーロ宙航士の部隊をすでに離脱していた。

新ソトは戦士の提案について知らせを受けた。

いっぽう、ソト艦隊にふくまれる球型船二万隻のうちの一隻では、三名の男が次なる指令をいまかいまかと待っていた。かれらは前に一度、みごとな働きで認められたのだ……すくなくとも、自分たちはそう思っている。イジャルコルが確言したのだから。三名はパーミット保持者ロナルド・テケナーとロワ・ダントンを守るという特命を受け、ジョー・ポリネーゼとかいう名のゴリムを追いつめて亡き者にしたのである。

ただし、スーザ・アイルとルツィアン・ビドポットのシガ星人ふたりがまんまと裏をかいたことは、知るよしもなかったが……

この三名はジェラルド・ヘゲナー、サンドロ・アンドレッタ、オリヴァー・グルーター。いずれもシャドである。

かつて《ツナミ113》でハイパー生物学者だったヘゲナーは、北欧風の顔立ちだ。とくに名誉欲が強い性格ではないし、前は争いを好むタイプでもなかったが、ウパニシャドの教えを苦もなく第六段階ダイまで修了したあとは、まったく異なる本質的性格が前面に出てきて、非常におちつきのない男になった。

アンドレッタは火星生まれ。かつてはハイパー空間探知士として勤務していた。その当時は仕事よりもテラナーの恋人アマルスに夢中だったもの。だが、第五段階タロシュを終えてからは、彼女のことは忘れてしまった。

グルーターは医学とロボット工学の専門家だった。その方面でさしたる成果をあげることはなく、補習教育を受けたのち《ツナミ113》の要員となり、医療ロボットの整備にあたっていた。シャン任命式を終えたのち、〝執行者〟としての役割にますますのめりこんでいく。冷酷な性格になり、命をなんとも思わなくなった。かれにとっては第三段階のシャント、すなわち戦いがあればすべてことたりる。それにより夢が現実となるのだ。ウパニシャドの段階をそれ以上のぼりつめるのは、自由意志で中断した。

そんな三名は、電撃を受けたように跳びあがった。共通で使っているキャビンにシグナル音が鳴りひびいたのだ。

「ソトからじきじきの命令です」と、人工音声が告げた。「《ゴムの星》に行き、特別任務を受けるようにとのこと」

オリヴァー・グルーターの頰骨が興奮に震える。表情はこわばり、まるで仮面のようだ。

サンドロ・アンドレッタはシャント戦闘服を点検して満足げな笑みを浮かべ、ジェラルド・ヘゲナーは顔色ひとつ変えずにハッチへ向かう。

《ゴムの星》へと転送された三名は、ティグ・イアンのもとへ行った。

「銀河系に十八の部隊を送りだした」と、ソトはいきなり本題に入り、「各グループの要員はそれぞれ、目的地の出身種族のシャドで構成されている。わたしは旧ソトが正式に権力委譲するのを待たなくてはならん。だが、のちのち影響をあたえるための準備として地歩をかためておくことは、法典も禁じてはいない」

かれの合図で、隣室のひとつから五名のシャドがあらわれた。かつての《ツナミ114》艦長ジャン・ヴァン・フリートと、もとハンザ・スペシャリスト……アギド・ヴェンドル、ドラン・メインスター、ミランドラ・カインズ、コロフォン・バイタルギューの四名である。

痩せて鉤鼻のヴァン・フリートはつい最近、第八段階をクリアできずにあきらめたところだ。それでも、からだじゅうにエネルギーがみなぎっている。

「このグループの指揮官はきみだ！」ティグ・イアンはヴァン・フリートをさししめした。「四人組は宇宙ハンザ中枢部での仕事をかたづけるように。ヘゲナーとアンドレッタのシャド二名はテラへ行け。各自の持ち場で、ウパニシャドの教えの利点をデモンストレーションすること。旧ソトに関する神話を打ち砕くのだ！　ギャラクティカーたちにわたしが行くと知らせ、こう伝えよ。あらたな唯一無二のソトが登場し、いまだかつてなかった奇蹟を銀河系にもたらすとな。行くがいい！」

のみ。
全員、出発した。のこったのは、おちつかなげに立ちつくすオリヴァー・グルーター

「シャド＝グルーターよ」ソトは強く訴えかけた。「戦士イジャルコルはきみを〝執行者〟と呼んだな。じつは、理解不能ながらエスタルトゥから銀河系への帰還に成功した女ヴィーロ宙航士がいる。どうやら銀河系でのいきさつをよく知らないらしい。これまでの報告も意味不明なのだが、それでこそわが目的にかなうというもの。彼女の名はジジ・フッゼル、シガ星人だ。テラのどこかに潜伏している。すでにギャラクティカムの使者があれこれ尋問しているらしい。彼女になにもしゃべらせてはならぬぞ、執行者。いいたいことがわかったか？」

「たしかに、わがソト」

オリヴァー・グルーターは一揖すると、急いで仲間たちを追った。

8

ジュリアン・ティフラーとニア・セレグリスは〝自分たちの〟ソトから連絡を受けたとき、さもありなんと思った。ベルゲン・バザールでのなりゆきは、ここでも知れわたっていたから。ゆうに百隻の宇宙船を擁する部隊は現在、大小マゼラン星雲と銀河系のあいだの虚空にいるとはいえ、メディアが全方位に向けて映像と会話を発信しているのだ。

ペアで永遠の戦士ひとりのステータスを持つティフラーとニアは、これからストーカーがやってくると聞いてほっとした。両名は《エスタルトゥ》での出来ごとはまだ知らない。だが《リバルド・コレッロ》に移乗してきたストーカーが、かくしだてせずにすべてを話した。

「乗員たちが反旗をひるがえしたのだ」と、率直に打ち明ける。「内心では新ソトに寝返っている。わたしがスコルシュを殺すはめになったのは、かれの裏切りによるのだが、わが忠臣たちにとってはそれがとどめとなったらしい」

「もうかれらを忠臣とは呼べませんね」と、ニア。

「そうでないと自分たちで証明したようなものだから」ティフラーもつづける。

「すぐに一グループを編成して《エスタルトゥ》に向かわせましょう」ふたたびニアが、

「そこで乗員たちに理性をとりもどさせたのち、重要ポストを掌握(しょうあく)します。ただちに。おまかせください」

「きみたちこそ、唯一ほんもののソトに仕える真の忠臣だ！」ストーカーは感きわまって叫んだ。「きみたちとともに成功への道を歩んでいけば、《エスタルトゥ》の連中も一目おいて考えるようになるだろう」

「きっとそうなりますとも」ティフラーもきっぱりいう。

そのときシグナル音がして、主スクリーンが明るくなった。

チェソン・リマンクが通信室から報告してくる。

「《エスタルトゥ》から連絡です。偽ソトのすみやかな撤退を望むとのこと。船は加速し、NGC5024の方向をめざしています」

ストーカーはひと言も発せず、スクリーンを食い入るように見つめる。数秒後、かれの《エスタルトゥ》は視界から消えた。

「捕まえましょうか」と、ティフラーが提案。

「ほうっておけ」ソトは冷静に応じた。「あの船はもうわれわれの計画には必要ない。

いずれ自滅するだろう。ほかにもっと重要なことがある」

　ストーカーはふたりに歩みより、それぞれの手をとった。くぼんだ目には炎が燃えている。

「わたしに死ぬまで忠誠を誓うのだ！」

「あなたに死ぬまで忠誠を誓います」ジュリアン・ティフラーとニア・セレグリスは同時に答えた。「《リバルド・コレッロ》とほかの艦船に乗るすべてのシャドおよび従者たちも、同じ誓いを立てるでしょう」

「われわれ、このままマゼラン星雲近傍にとどまる」ソトは唐突に話題を変えた。「われらが使命ははじまったばかりだ。きみたちには、わたしが裏切り者スコルシュのせいで余儀なくされた失敗を埋め合わせてもらいたい。ギャラクティカムに……とりわけガーシュインに影響をあたえ、こちらの意図に沿うよう宗旨替えさせてくれ」

　ティフラーとニアは決然としてうなずく。

　この光景の一部始終を、レルモ・キュニスが搭載艇の司令スタンドで追っていた。かれが艇長をつとめるコルヴェットにつけた名前は《天の邪鬼》だ。

「死ぬまで忠誠、か」と、皮肉めいた口調でつぶやく。「あなたたちはそれでいいかもしれないが、わたしはごめんだね！」

＊

ジェラルド・ヘゲナーの話

なつかしい故郷であるルールの町を見ても、どうということはなかった。ぐずぐずしていられない。ヴァン・フリートが永遠に待ってくれるわけではないのだから。自分がここに帰ってくることは、転送機ジャンプの前に知らせてあった。

ジェラルド・ヘゲナーが帰還します！　よろこばしいメッセージを持って！

都市内ネットワークを使い、ヴィッテン転送駅からエッセンまで行くことにした。第十九テラ大学〝丘の邸宅〟がある地区だ。わたしはそこで何年も前にハイパー生物学を学び、記念すべき成績をのこした。その年の最優秀学生として、いまも講堂に写真が飾られている。

そんなわたしにふさわしい出迎え……赤い絨毯（じゅうたん）とか、その両脇にならぶ人垣とか……を準備してもらえるよう、関係者たちには半時間の猶予をあたえてある。アイデア豊かなスタッフがいるのだ。講堂は最後列まで聴衆でいっぱいになるだろう。通路で立ち見の者も出るかもしれない。

テラ・ヴィジョンがスピーチを録音しにくることも考えられる。もしかしたら、特別にチャンネル１２８をオープンして生中継を組んだりするんじゃないか？

外を見ると、ボーフム地区を過ぎていくところだ。以前うちの両親がここに住んでいて……

そのつづきを考えることはしなかった。どうでもいい話だから。

都市フェリーを降りる。おかしなことに、出迎えの教授陣がだれもいない。半時間では準備にたりなかったのだろうか？　いや、そんなはずはない！　みな、ライン川のほとりにある伝統的な大学校舎のほうで待機しているのだろう。そうとしか考えられない。

わたしは搬送ベルトに跳び乗り、一分後には大学の前庭に着いた。そこではロボット一体が落ち葉を掃き集めているだけで、人っ子ひとりいない。赤い絨毯も人垣もない。うまくかくしたたな！　わたしはにやりとした。もちろん、だれもが講堂に行ったのだ。いい席を確保しようとして。

前庭を横切り、敷地内に入っていく。若い女子学生がふたり、おしゃべりをやめてこちらをちらりと見た。それからまた、手に持った雑誌に没頭する。

俗物め！　わたしは心のなかでののしった。

両開きドアの片方が開いていたので、姿勢を正して講堂に入った。

がらんとしている。

椅子がならぶ最後列のあいだから、老人がひとり近づいてきた。当時のわれわれ学生がハンゼルマンと呼んでいた用務員だ。手に持っていた雑巾をわたしの顔のすぐ近くで振る。わたしは思わず咳きこんだ。

「なんのつもりだ?」と、腹をたててどなる。

「ヘゲナーかい、ひっひっ」老人はいやな笑い方をした。

「ここに集まるように通告しておいたはず」わたしはきびしい口調で、「シャドが大学でスピーチをするのだぞ」

「そりゃお気の毒さま」ハンゼルマンの言葉がしゃくにさわる。「頭がおかしいようだな。見てのとおり、ここは無人だ」

「なぜなんだ、ハンゼルマン?」

「かんたんな理由さね」用務員はズボンのベルトをぐいと引きあげると、「あんたがきて〝高級的砂糖〟とかなんとか与太話をすると聞いたら、みんなどこか逃げちまった。ほかにもっとましなことがあるからな。教授陣も助手も学生たちもおらん。わたしは上司から、あんたをだれの目もとどかないすみっこに追っぽりだせといわれてるんだ。どこかすみっこを探しといてくれ、ヘゲナーさんよ」

そういうと、かれは踵を返し、わたしに一瞥もくれずに講堂から出ていった。

＊

タフンからの輸送船が到着すると、ギャラクティカムはまたひと騒動だった。キラー

・ペプチドの入った容器が自動装置で迅速に荷おろしされ、あらかじめ準備された部屋に運びこまれる。

プラット・モントマノールの危機管理スタッフはほかにもあれこれ準備した。これまでの知見をはじめて明確に評価した結果、ある疑いが確実なものと判明する。ストーカーのもとにいるウパニシャド信奉者たちは全員、法典分子の作用を受けていたのである。〝ストーカー〟をテーマに選んだ審議会が最近、証拠を見つけだした。ひそかに命令を出し、オリンプのウパニシャド学校〝ガーワンケル〟からシャドをひとり拉致してきてキラー・ペプチドを処方したところ、この若者ははじめ苦しんだものの、みるみる回復し、じきにもとの自我をとりもどしたのだ。

このことから、まずはストーカーの弟子のうち最重要人物であるジュリアン・ティフラーとニア・セレグリスに、抗法典分子血清を液体か気体のかたちで投与する計画が持ちあがった。ただし、ひとつ問題があった。ふたりの居場所すらわかっていないのに、どうやって呼びよせるのか？

とはいえ、すでにこの問題にはベルゲン・バザールの探知専門家が、銀河系の監視システムといっしょになってとりくんでいる。

ほかにも新情報が入ってきた。

いまはもう逃がさず探知できているストーカーの《エスタルトゥ》が、NGC502

4の方角に向かったというのだ。ここでまたあらたな謎が生まれた。もしや、旧ソトはあきらめて撤退するのか？

それからしばらくして、ハイパー探知が《リバルド・コレッロ》を先頭にしたティフラーの部隊をとらえた。ストーカーの忠臣たちはリニア航行を終え、ベルゲン・バザールまで十光年の距離に迫っている。ベルゲンは念のため警報を発した。ただし、じつはだれも大規模な戦闘がはじまるとは予測していない。

「だって、まっすぐこちらに向かってくるのよ」シーラ・ロガードの判断だ。「つまり、ティフラーとそのパートナーがわれわれの射程範囲に入ることになる」

部隊が待機ポジションについたあと、最初はなにも起きなかった。通信連絡もなければ、なんら目立った動きも見られない。

そのかわり、NGC5024で継続任務にあたっている偵察船から重要なニュースが入ってきた。ストーカーの《エスタルトゥ》がソト＝ティグ・イアンの部隊に合流したというのだ。まったく平和的に巨大艦隊の一部に組みこまれたとのこと。

交信を傍受したところ、《エスタルトゥ》が新ソトの側に寝返ったのはまちがいなかった。しかも、ストーカー自身は乗船していない。

これであらたな視点がくわわったことになる。つまり、旧ソトは現在《リバルド・コレッロ》にいるわけだ。

いちばん最近とどいた重大情報の発信源は、やはりNGC5024近傍の偵察船だった。エスタルトゥ艦隊がスタートしたという。目的地は大マゼラン星雲らしい。「両ソトのあいだではげしい闘争が起きるかもしれない。どちらの側にもおろか者のギャラクティカーがいる。なかでも困ったのはティフラー部隊だ」

二分後、かれらは《リバルド・コレッロ》に向けてハイパー通信を送った。

「こちらギャラクティカム。ジュリアン・ティフラー、ニア・セレグリスにお願いする。会談の場を持ちたいので、任意の同行者を八名連れてコズミック・バザール〝ベルゲン〟に到来されたし。現状にかんがみ、ストーカーには遠慮してもらいたい。ただ場合によっては、こちらがストーカーを支援することもある」

＊

そこから十光年はなれた場所に《リバルド・コレッロ》はいた。司令室でストーカーが勝利感を味わっている。この招待はあらゆる意味で自分の望みにかなうものだから。

スティギアンの艦隊は動きが遅い。これならギャラクティカムを翻意させる時間は充分ありそうだ。

かれはティフラーとセレグリスのペア戦士を呼びよせた。

「わが忠臣たちよ」と、ほとんど儀式ばった口調で話しはじめる。「待ちに待った瞬間がきた。まだ遅くはない。こちらの方針に合わせて舵を切りなおすチャンスだ。わが友ガーシュインがまだ立腹しているのはわかっている。裏切り者スコルシュとの一件があるので、わたしが自分でギャラクティカムを訪れることはできない。きみたちはわたしと同様、そのあたりの事情によく通じているから大丈夫だ。とにかくギャラクティカムの気を変えさせてもらいたい。最初になにをすべきかわかっているな。銀河系全域を味方につければ、スティギアンなど恐れるにたりない」

「銀河系の全勢力をあなたのものにしましょう」ふたりは確約した。「のみならず、あなたとアダムスの友情を復権させ、最近の出来ごとが原因となった誤解をすべて解いてみせます。おまかせください、ソト！」

しばらくして、搭載艇《天の邪鬼》がベルゲン・バザールにコースをとった。操縦士はレルモ・キュニスだ。かつてのハンザ・スペシャリストは、どうすれば事態を変えられるかと必死に悩んでいたものの、このとんでもない作戦については目をつぶることにした。ジュリアン・ティフラーへの忠誠心がそれだけ強かったのである。

＊

サンドロ・アンドレッタの話

アマルスを糸口にするのがいちばんいい。たとえいま、われわれのあいだに恋愛感情がなくなっているとしても。ひょっとしたら、彼女はまだわたしに未練があるかもしれない。だけどエスタルトゥの奇蹟について、あるいは恒久的葛藤や輝かしい第三の道の深い意味について語って聞かせたなら、彼女もつまらない過去は忘れて、あらたなよりよい感情をいだいてくれることだろう。

わたしがアルプスの山の学校に行くことは、グループの指揮官ヴァン・フリートを通じて知らせてある。アマルスは八年前からその〝精神修養学校〟で教鞭(きょうべん)をとっているのだ。〝他者に対する忍耐〟や〝自然生活への真の理解〟を教えるのだという。ほかにもとっぴなお題目がいくつかあったはずだが、忘れてしまった。

とにかく、アルプス学校の教師や生徒はみな知識欲の塊りといっていい。それが入学の一条件なので、当然といえば当然だが。

こうしたわけのわからない学校なのだ。わたしには以前にもまして滑稽に感じられた。だが、それはかまわない。わたしが説くソトの、つまりエスタルトゥの教えは、この豊かな地に根をおろすだろう。アマルスは伝道者としてうってつけだ。

モントルーから目的地まで直行できる転送機ブースがあるにもかかわらず、古めかしい登山電車を使うことにした。そうすれば、アマルスがわたしの到着までに心の準備をできると考えたのだ。登山電車などという大昔の遺物はまるで理解できない。これはアルプス学校が独自に保全している。教師たちの趣味に合うのだろう。

登山駅に着くと、スタッフが三人いた。いずれも知らない男で、てっぺんが尖ったフェルト帽をかぶり、旧式の銃を持っている。そのふるまいから、こちらの行く手を阻止しようとしているのがはっきりわかった。

「どけ！」わたしはきつい声を出したが、三人は動かない。

「山の平和と心の平穏を乱そうとする者は、ここでは無用だ」と、まんなかにいる男がいった。

「わたしがだれだか知らないようだな」

「知っているとも！」武器の銃身がゆっくりと、すこし前方に動いた。ポーズにすぎないのはわかっている。そんなものでシャント戦闘服はびくともしない。「あんたのことはローラ・ヘイトメアから聞いた」

ローラ・ヘイトメアってだれだ？　しばらく考える。やがてようやく、それがアマルスの本名だったことを思いだした。

「彼女はどこにいる？」

「あそこだ！」いちばん年かさの男が駅舎の扉をさししめした。開いている。「あんたに会いたいそうだ」

アマルスはどこか変わった感じがした。変わったというより、心ここにあらずなのだ。

目にも以前のようなきらめきがない。

それとも、わたしがそう思っているだけか？　変わったのはこっちのほうなのか？　一瞬わからなくなる。だが、すぐにチャリムチャルとチャルゴンチャルの教えを思いだした。肉体を超え、精神を超えよ。

こちらが口を開くより早く、アマルスが近づいてきた。わたしを上から下までじろじろ眺めまわし、こういいはなつ。

「あなたはもうわたしが愛していた男じゃない」

「そりゃそうさ」と、わたし。「ウパニシャドの教えを知り、その各段階をおさめたなら、肉体をともなう愛は無意味になるんだから」

「わたしがなにをいいたいか、わからないのね」声が震えている。その目のすみに涙が見えた……わたしの勘ちがいでなければ。「だったら、わからせてあげる。きて！」

アマルスはさっき自分が出てきた扉に向かった。わたしもついていく。旧式の銃を持った男三人があとからつづいた。

そこには殺風景な小部屋があった。

「なかに入って、まんなかに立って」と、アマルス。彼女と男三人は入口にとどまっている。わけがわからないまま、わたしはいわれるとおりにした。

「あなたは〝ペルソナ・ノン・グラータ〟なの」アマルスが告げる。「その意味を知ってるかどうかわからないけど、すぐに知ることになるわ」

「おい、アマルス、わたしは……」

そのとき突然、転送フィールドにつつみこまれるのを感じた。

ペルソナ・ノン・グラータ！　〝好ましからざる人物〟という意味だ！

気がつくと、わたしは自分の宇宙船にもどされ、ヴァン・フリートが黙って首を振りながらこちらを見ていた。

9

銀河系では、またもソト＝ティグ・イアンと進行役クラルシュが長広舌をふるっていた。とりわけ、ストーカーがエスタルトゥの教えとやらを曲解するつもりだという誹謗中傷をくりかえす。そのあいだに、コズミック・バザール〝ベルゲン〟では決定的なことが起きようとしていた。

ストーカーの派遣代表団が到着したのだ。ジュリアン・ティフラーとニア・セレグリス、レルモ・キュニス、そのほか七名のシャドからなるグループで、全員テラナーである。

ホーマー・G・アダムスとシーラ・ロガードは歓迎委員会を組織した。かつての播種船《ノーゲン＝ツァンド》に一行を出迎え、会議室に案内する。そこではプラット・モントマノールのほか、七名の銀河評議員が待ち受けていた。

両代表メンバーは木製の長テーブルに向かい合ってすわり、黙りこんだ。ロボット一体がやや形式ばったしぐさで飲み物はなにがいいかと訪問者たちに問い、それぞれの所望したものを持ってくる。

「こっちはひまではないのだ」ジュリアン・ティフラーが無愛想に口を開いた。「すぐに話し合いをはじめてもらいたい」

「われわれ、蛮人でもないのですよ」シーラ・ロガードが小声で応じる。「お客さまのもてなし方は知っています。まさか、こちらのちょっとした心づかいを拒絶したりはしませんよね」

「もちろん」ティフラーは額に皺をよせ、「しかし、偽ソトの艦隊がマゼラン星雲にコースをとったのは憂慮すべきこと。いまにもなにか起きれば、とりかえしがつかなくなる」

「わかりました」プラット・モントマノールが椅子の位置をなおし、「では、これより会談を開始します。ゲストのみなさん、ようこそ。だれがゲストでだれがホストなのか、いまひとつわれわれにはよくわからないが、いずれはっきりするでしょう」

「たしかに」と、アダムス。「わたしも同じことを考えていた。かつてのわが同輩ストーカーはどうしているかね、ティフ？　《リバルド・コレッロ》に乗船していると聞いたが？」

「ソトはあなたの同輩ではないわ」ニア・セレグリスがむっとして答えた。「ソトはソトであり、ほかの何者でもない。そちらの態度を見ると、時間稼ぎをしているようにしか思えません。あるいは時間のむだづかいともいえるけれど、同じこと。ありふれたいいまわしや社交辞令など、双方にとって益なしです」

「こちらの前提として」半ミュータントは意に介するふうもなく、つづけた。「きみたちがここにきたのは、わたしとストーカーの友情を復活させるためだと思っている。現状にかんがみ、かれに宇宙船一隻を提供する用意もあるのだ。それに乗ってエスタルトゥにもどれば、敵と戦えるだろう」

ジュリアン・ティフラーがはじかれたように立ちあがり、

「ホーマー、たしかにわれわれ、あなたとソトが受けた個人的な傷を修復したいと思っています。しかし、まず優先すべきはさしせまった危機のほうだ。偽ソトのティグ・イアンに由来する危機です」

「ストーカーはかれをスティギアンと呼んでいますね」シーラ・ロガードが、アダムスに答える隙をあたえまいとして口をはさんだ。「それはどういう意味かしら？　どこかで聞いた気もするのだけど、はっきりしなくて」

ティフラーはふたたび腰をおろすものの、おちつきなく身じろぎしている。ニア・セレグリスも同様だ。

「そんなの、どうでもいい」かつての首席テラナーはぶっきらぼうに答えた。

「いいえ、重要だと思います」ある男が、だれも発言をもとめていないのに割りこんだ。

ストーカーの代表団メンバーだ。銀河評議員たちはまさか相手側から助け舟が出るとは思わず、驚きの表情を浮かべた。「わたしの名はレルモ・キュニス。ティフラーの部下ですが、ウパニシャド学校の生徒ではありません。わたしが思うに、恒久的葛藤の教えというのは野蛮な……」

「黙りなさい！」ニア・セレグリスが叱りつける。

「そうか、わかったぞ」プラット・モントマノールはテーブルをこつこつたたいて、「あなたがたはなにか重要なことを秘匿しているわけですな。つまり、スティギアンという語の意味を！　こうなったら、ストーカーのもとへもどられたほうがいい。先ほどアダムスが宇宙船に関して提案した件を持ち帰って」

「ソトには宇宙船など必要ない」と、ティフラー。ウパニシャドの十段階をすべて終えたというのに、忍耐の限界と戦っていた。「すでに《リバルド・コレッロ》があるのだから。それに……」

「なんと！」アダムスがいきなり割りこんで、「《リバルド・コレッロ》はきみに提供したと思っていたのだがね」

「どっちでも同じこと。いいでしょう、お望みどおり説明しますよ、それで話し合いをはじめられるのなら。スティギアンの由来はステュクス、古いギリシア神話に登場するかの有名な三途の川です。ステュクスの形容詞形〝スティギッシュ〟は〝身の毛もよだつ〟という意味になる。その名詞形がスティギアンというわけです。つまり、身の毛もよだつ地獄の番犬が、まさにこの呼び名にふさわしいティグ・イアンということ。これでこの話題は終わりだ」

ところが、そこで終わらず、ティフラーはなおもエネルギッシュにつづけた。

「われわれがここにやってきたのは、その地獄の息子の悪行をやめさせるため。次なる提案を聞いていただきたい。第一に……」

そのとき、ティフラーの隣りでどすんと鈍い音がした。同行者のひとりが椅子ごと脇に転がり、床に引っくりかえってうめいている。シーラ・ロガードとホーマー・アダムスは意味ありげな視線をかわした。

その男はいきなり起きあがると、大声で叫んだ。

「わたしは太陽だ！　太陽！　恒星より赤々と燃えている！」

脇によろめき、ストーカーから派遣されたほかのふたりを巻きぞえにして倒れこむ。レルモ・キュニスは跳びのいて難を逃れた。

「いったいなんのまねだ？」ティフラーがどなりちらし、いらだって周囲を見まわした。

「見当もつきません」と、プラット・モントマノール。「お仲間たちは具合がよくないようですな。あるいは〝反逆ソト〟が一枚嚙んでいるのかも」

シーラ・ロガードはレルモ・キュニスに近づいて、こう訊いた。

「あなた、本当にウパニシャド学校へ行ったことがないの？」

室内はますます大騒ぎになっていて、この会話がシャドたちの耳に入ることはない。

「絶対にありません」と、キュニス。

「だったら、こっちにきていなさい。まだなにかが起きるから。実際、どんなことになるか、われわれも正確にはわからないんだけど」

もとハンザ・スペシャリストはテーブルをまわってこちら側にくると、心底びっくりしながらなりゆきを見つめた。シャドたちは全員、正真正銘の躁狂発作に襲われている。この奇怪な変貌ぶりをとめることはティフラーとニアにもできない。

調度品が破壊される。しかし、かすかにきらめくエネルギー・フィールドが生じて部屋をふたつに分けたため、評議員たちとレルモ・キュニスには危険がおよばずにすんだ。

出口に突進したティフラーも、やはりそこでエネルギー壁にぶつかった。触れたとたん、フィールドが明るく光り、室内に投げもどされてしまう。

ふつうの状態であったなら、こうした壁はなんの障害にもならない。しかし、なかば目をくらまされ、なかば狂気のなかにあったため、かれもニアも自分たちの能力をコントロールすることはできなかった。

「あなたたちはいったい、なにをしたんです？」レルモ・キュニスはシーラ・ロガードの腕をつかんで問いただした。

「かれらの体内は法典分子でいっぱいだった。それで人格が変わり、ストーカーの信奉者にさせられてしまったのよ。でも、こちらには特効薬がある。いわゆる抗法典分子血清ね。それを室内に充満させておいたの。このキラー・ペプチドが効力をあらわすまで、かれらをここに引きとめる必要があったというわけ」

銀河評議員たち、なかでもとりわけホーマー・G・アダムスは、このようすを深い驚きをもって見守っていた。キラー・ペプチドがこれほど激烈な反応を引き起こすとは、想像していなかったのだ。

狂乱状態は十五分ほどつづき、やがて消耗段階が訪れて、室内はしずまりかえった。だれもが動かず床に横たわっている。

さらに十分ほどたって、ジュリアン・ティフラーがテーブルの角につかまり、大儀そうに起きあがった。友たちをじっと見たあと、口のまわりについた泡を手でぬぐい、「なんだか……」と、つかえながらつぶやいた。「悪い夢からさめたような気分だ」

＊

ハンザ・スペシャリスト、ミランドラ・カインズの話

われわれはルナに行った。

テラの衛星はいろんな意味で故郷と呼べる場所だ。あるいは、宇宙ハンザの心臓と呼

ぶべきか。われわれ四人はここで生活時間の大半をすごしたもの。そのあいだはほとんど、授業と特殊訓練プログラムにとりくんでいた。

スペシャリスト四人をつくりあげる操縦エレメントだったのは、ネーサンとホーマー・ガーシュイン・アダムスだ。われわれはここですべてを学んだ。

やがて、ヴィールス・インペリウムの成分から建造されたヴィールス船の第一号がスタートする日がやってきた。その乗員として、宇宙ハンザの最高責任者はわれわれを選んだのだ。

四人とも年齢は二十六歳から二十九歳、まだキャリアの入口に立ったばかりの若者だった。それでもなぜか、わたしがチームのリーダーにされた。

でも、これはすべて過去の出来ごと。なぜなら、われわれはもっとすばらしいものを学んだのだから。

もっとすばらしい、ウパニシャドを！

ネーサンはこちらの来訪を知っていたらしく、歓迎の言葉を述べた。

もしネーサンを納得させられたなら、決定的な転換点が訪れるだろう。それはわたしだけでなく、アギド・ヴェンドルもドラン・メインスターも、わが夫コロフォン・バイタルギューも明確にわかっていた。恒久的葛藤をひろめる計画に向けて、ネーサンを味方につけることができたら、ゴールはもう間近だ！

だからこそ、ルナにきたのだった。

入場認証メカニズムはほぼ問題なく通過できた。人間の監視者もロボット歩哨もとても愛想よく親しげにわれわれを迎え、スムーズに通してくれた。まさに、こちらを待っていたような印象だ。これなら計画もかんたんに進むかもしれない。

ネーサンをウパニシャドの教えに引きこみ、いずれ銀河系の奇蹟をつくることに協力したいと思わせられれば、宇宙ハンザ全体が同調するのも時間の問題だろう。

残念ながら、ホーマー・G・アダムスはルナにいなかった。聞いたところでは、ギャラクティカムと協議するためベルゲン・バザールに行ったらしい。でも、通信は完璧につながっているから、われわれが転換点をもたらしたというニュースをすぐに知らせることはできるはず。

われわれは応接室に案内され、手厚いもてなしを受けた。側壁の一面にスクリーンがあらわれ、ネーサンのシンボルが表示される。

「こちらとしてはすぐ本題に入りたいのだけど」と、わたしは声をあげた。「ネーサン、聞いてる?」

「もちろん聞いています、わが友たち」ハイパーインポトロニクスの応答だ。

「われわれ、記録媒体をふたつ持ってきた、ネーサン。なかにはとても重要な内容が入っている」コロフォンが話を引きとった。「銀河系に準備をさせたいのだ。エスタルトゥの法典と恒久的葛藤と第三の道に裏打ちされた、あらたな未来に向けて」

一ロボットが記憶媒体を受けとり、読みとり機に挿入する。ネーサンは一瞬で中身を把握し、しかるべき映像に変換した。

「新味はありませんね」と、ひと言。「前にストーカーがならべたような美辞麗句を、こんどはティグ・イアンが借用して言語と映像にしただけです。わたし独自のやり方で吟味しましたが、ここでいわれている銀河系の奇蹟は非常に不完全な内容です。ほかの情報はありますか？」

「そんな……わかってよ、ネーサン」わたしはがっかりしていった。「これは未来のための教えなの。コスモクラートの道、カオタークの道とあるけど、第三の道こそ真の解決策なのよ」

「それでは答えになっていません」ネーサンは冷たく応じた。

「奇蹟がどこに生まれてなんと名づけられるかは、われわれも知らないの」アギドが急いで割りこんだ。「でも、ソト艦隊には《カルヴァアン》と同じタイプの巨大船が二十隻あるから、それを使ってソトは奇蹟をつくりだすはず。もちろん、技術的な性質を持つものにちがいないわ。まったく新しい光景が銀河系に生まれるのよ」

「すべてが曖昧です。わたしは独自に計算をおこないました。あなたがたはそれを確認したのち、ソトのところにもどって結果を伝えてください。最初にいっておきますが、ウパニシャドの教えやその派生理論を本気で支持する者はだれもいません。かんたんにいうと、われわれは安心と平穏を欲しているのです。〝恒久的葛藤〟という言葉だけでも、よくないものだとわかります」

「ちょっと待って！」わたしはネーサンをさえぎった。「論理的思考を持つユニットなら、だれよりもよくわかるはずよ。わたしたちが持ってきたのはいい知らせだって」

「ちがいます」驚いたことに、ハイパーインポトロニクスはわたしの主張をかたくなに否定した。「あなたがたは自分の意志を制御できていない。ウパニシャドの教えの秘密については、根本的部分が解明されました。法典分子というものがあなたがたの意識を変貌させたのです。タフンではすでに拮抗薬の生産がはじまりました。残念ながら、ここにはありません。もしあれば、あなたがたを治療できるのですが。そういうわけで、これ以上話し合うのは無意味です。そちらは脱げない拘束衣をまとっているし、とりつくろった言葉やイメージでわたしを説得することは不可能ですから」

「きみや銀河系諸種族をほかのやり方で正しい道に連れていくこともできるんだぞ」ドランの言葉は明らかに脅迫めいていた。だけど、ネーサンは動揺するふうもなく、

「そうだと思いました。予測最終値を計算したので、ソトに目標達成のチャンスをあたえます。あなたがたは次のメッセージをソト＝ティグ・イアンに伝えてください。わたしは、いまあなたがたに対してなにもしないのと同じような受動的抵抗を試みます。銀

河系諸種族の自由を守らなくてはなりません。このことを、はっきりとティグ・イアンに告げるように。銀河系諸種族はすでに、ほかの危機や占領に抵抗しているところなのです」

「占領ってなんのこと?」と、わたし。ネーサンのいっている意味がわからない。

「これで話は終わりです」親しげな、だけど有無をいわせぬ口調で告げられた。「忘れずにわたしの言葉をソトに伝えてください。もう行ってよろしい」

あきらめるつもりは毛頭なかった。仲間三人もはっきりその意志をしめす。

ネーサンがスクリーンをオフにした。何度か呼びかけたけれど、返事はない。

「失敗ね」アギドが意気消沈していった。「ソトに文句をいわれるわ」

「ネーサンがなくたって、なんとかなるわよ」わたしは彼女をなぐさめた。「ソトは使者の船をたくさん送りだしたもの。われわれの失敗は甘んじて受け入れるしかないけど、ほかのだれかが成果を持って帰るわ」

大型ロボット十二体がやってきて、なにもいわず出ていくように合図した。わたしは暗くなった壁に最後の一瞥を投げる。とにかく、ネーサンは記録媒体を受けとったのだ。いずれまた、それにとりくむことになるだろう。ここでの成果はまったくゼロというわけじゃない。

10

〝法典狂気〟から解放されたテラナーたちは、医師の診察を受けた。レルモ・キュニスをのぞいた全員にひどい離脱症状が見られる。細胞活性装置保持者のジュリアン・ティフラーだけは、ある程度こうした症状から回復していたが。

「体調がもどったらここにきてくれ、ティフ」ホーマー・ガーシュイン・アダムスはもとめた。「こちらで判明している状況について説明しておきたい。きみの知らないこともいくつかあるだろう。ストーカーがすべて明らかにしたわけではないからな。ただし、力の集合体エスタルトゥにいるヴィールス船の消息は、わたしもほとんどわからない」

アダムスはスリマヴォの運命について語った。その容体がいまだ回復途上にあることも。アンソン・アーガイリスのハンザ・キャラバンがティグ・イアンに殲滅されたようだと聞くと、ティフラーは目をまるくした。

「これらの情報は部分的なものでね。ジジ・フッゼルという女シガ星人が教えてくれたのだ」そういって、半ミュータントはつけくわえる。「とはいえ、彼女がいうには自分自身の体験ではないらしい。こちらはそんな混乱した話から推論を展開するしかなかった。しかも、その後ジジはいなくなってしまったのだ。シガに帰ったとも考えられるものの、なぜかシュプールがのこっていない。さて、いまの最たる問題は両ソトの件なんだが」

「ええ」ティフラーがひと言。

「ひとつ計画があるのだ」アダムスはシニカルな笑みを浮かべた。「われわれ、かれらの使う手段で攻勢に出ようと思っている……つまり、陰謀という手段を使って。ストーカーはわたしをずっとだましつづけ、引きずりまわしてきた。こんどはこちらの番だ。わたしがばかじゃないってことをわからせてやる」

宇宙ハンザの最高責任者は壁のスクリーンをオンにし、映像の説明をはじめた。

「わかるな、これが大小マゼラン星雲だ。中間には物質の橋があり、その下端が銀河系辺縁部になる。われわれコズミック・バザールのポジションはここ、ストーカーがいるのはこの位置だ。こちらはティグ・イアンの艦隊で、見てのとおり、マゼランへのコースをとっている。じきに到達するだろう」

「あなたがティグ・イアンを呼びよせたのですか？」ティフラーが驚く。

「それよりもっとすごい話だ、友よ。われわれ、かれと公式にコンタクトをとり、ある提案をした」

「正気の沙汰とは思えませんな」もと首席テラナーは明らかに不満なようすだ。

「ティグ・イアンにストーカーの位置を教えたのさ。つまり、敵を引きわたすと確約したわけだ」

「どうかしている、ホーマー」ティフラーは激高して立ちあがり、「ストーカーがどんな男か、あなたは知らないんだ。相手の力をひどく見くびっています。たとえかれがもう《エスタルトゥ》にたよれないとしても、そんな策略ゲームが成功するはずはない。まったく常軌を逸しています」

「ストーカーにも、もっと魅力的な提案をするつもりなんだがね」アダムスは非難を意に介さずにいった。

「かれもばかじゃありませんよ。こんな駆け引き、まちがいなく瞬時に見ぬくでしょう」

「そして、それからどうなると思う、ティフ？　かれはティグ・イアンの挑戦を受けて立つだろうか？　《リバルド・コレッロ》だけでは圧倒的に戦況不利だが」

「かれにはまだ奥の手があります。ずっと先を見すえている。あらゆる可能性を計算しているはずです」

アダムスは《リバルド・コレッロ》にハイパー通信をつないだ。

チェソン・リマンクが応答する。

の側につくかよく考えるようにと」

「ソトからの伝言で、裏切り者とは話をしないとのことです。ティフラーには、どちら

「ストーカーと話したい」アダムスは首席通信士に告げた。「ひとつ提案があるのだ」

通信が切られた。

「かれ、事情を知っているんだ」ティフラーが勢いこんでいう。

「だったら即座に行動しないとな。ストーカーがわれわれの手の内になくとも、こっちにはきみがいる、ティフ」アダムスはいまや、水を得た魚のようだった。「特務コマンドを編成しよう。きみがコマンドとともに《天の邪鬼》で《リバルド・コレッロ》に向かえば、ストーカーを確保できる」

「わたしはやりません」ティフラーは意気消沈してこうべを垂れる。

それからすぐ、危機管理スタッフのもとに報告がふたつとどいた。

《天の邪鬼》がベルゲン・バザールを出て《リバルド・コレッロ》に向かったという。さらに、《リバルド・コレッロ》が発進したとのこと。

「ストーカーは合図を正しく解釈したわけだ」と、ティフラー。「もうひとりのソトがくることに気づいたんでしょう。物質の橋近傍から撤退するつもりです。あなたの姦計を実行するには遅すぎましたね、ホーマー」

「撤退してどうするのだろう?」

「救援を呼ぶんですよ。あなたが拒んだ救援を」

そのとき、ソト艦隊の最初の船がアインシュタイン空間に実体化した。ベルゲン・バザールのすぐ近く、直径七光年の宙域に。

だが、ストーカーと《リバルド・コレッロ》はすでに消え去っていた。

*

ジャン・ヴァン・フリートの話

転送機によるシャド送り出しを問題なく終えたのち、わたしはテラニアのハンザ司令部にコンタクトした。そこで腹だたしい思いをすることになる。まず、何度呼びかけても応答がない。やっとつながったと思ったら、映像はなく声だけで、しばらくお待ちくださいというばかり。

こんなあつかいを受けたことはいままでになかった。しかし、どうすることもできないので、したがうしかない。

「待つことは待つが」と、応じる。「ガルブレイス・デイトンに伝えてもらいたい。こちらは重大情報を握っているんだ。それに、わたしも時間が無限にあるわけじゃないんでね」

たっぷり一時間、なにも連絡がなかった。ふたたび問い合わせると、まだ順番がきていないとあっさり告げられる。しかたなく、忍耐をもって地球近傍の軌道にとどまっていた。転送機は作動状態にしてある。いつシャドたちがもどるかわからないから。ただ、オリヴァー・グルーターだけはこのかぎりではない。執行者のミッション達成にはかなり時間がかかるはずなので。そのかわり、かれにはあらゆる技術機器を装備させておいた。

さらに一時間が過ぎ、ようやくスクリーンが明るくなった。ガルブレイス・デイトンの顔がうつしだされる。

「やっとですね」と、わたし。「あなたと宇宙ハンザの幹部たちに重大な知らせを持ってきたんです。すぐに協議の場を設定してほしいのですが」

デイトンは一種独特な目でこちらを見た。まるで、わたしのいうことが理解できないみたいに。

「銀河系のそこらじゅうにティグ・イアンの使者が出没している」と、やがて返事がある。「どう対応するかについて、ギャラクティカムが助言してきた。その原則にしたがおうと思う。広範囲におよぶ出来ごとにかんがみると、無意味なおしゃべりに時間を浪費するのはばからしいからな。着陸許可はあたえない、ヴァン・フリート」

「本気じゃないでしょう!」わたしはかっとなった。「ソトがそれを聞いたら……」

「きみのソトに伝えろ。二度とわたしの朝食をじゃまするな、と。部隊を集めて消え去るがいい、もとテラナー」

これほど冷淡に拒絶されるとは予想もしていなかった。接続が切られる。それとほぼ同時に、一転送機からシャドが出てきた。サンドロ・アンドレッタだ。暗い顔を見れば、成果なしとすぐにわかる。

しばらくして、ハンザ・スペシャリスト四名ももどってきた。しんがりはジェラルド・ヘゲナーだ。ウパニシャド教育を受けたにもかかわらず、いきり立って罵詈雑言（ばりぞうごん）をわめきちらしている。

ソトはいつのまにかポジションを移動していたが、搭載装置はこれを記録していない。わたしは帰還の途についた。なぜ全員が失敗したのかと、何度も頭のなかで考えを反芻（はんすう）しながら。なにか未知の力が働いたにちがいないと、自分にいいきかせる。

その後、派遣されたほとんどの艦船がなんの成果もなく帰還したことを知り、すこし気分がよくなった。

オリヴァー・グルーターのことは忘れていた。女シガ星人を始末するまで連絡してこないだろう。かれならきっとターゲットを見つけるはず。それは疑いない。

*

「なにもかもまちがっています、ホーマー・アダムス」と、ニア・セレグリスがいいはった。彼女もいまは離脱症状から回復している。「あまりにひどい計画で、言葉もありません。ティフとわたしのいうことを聞いてください。わたしたち、訓練を受けたから背景事情がずっとよくわかっているんです。ストーカーは不屈の男。それをいまや、あなたは敵にまわしてしまった」

「なんだってティグ・イアンと同盟を結ぼうなどと考えたのです？」ジュリアン・ティフラーは最後までのこった目眩を振りはらうと、「小難を逃れて大難にあうことになる。本当ですよ」

「もっと悪いことに」と、ニアが引きとる。「ストーカーはいろんな意味でまだ人間的といえますが、スティギアンは悪魔です。ストーカーの意趣返しだけでもおおごとなのに。あなたはスティギアンのプシ・プレッサーの威力を知らない。かれのシャントには太刀打ちできません。従来型のプシ・プレッサーも持っていますし、ヴァリオ＝500に投入したのなんて代用品の装備です」

「事態はそれほど深刻じゃないと思うけど」シーラ・ロガードが口をはさんだ。「ストーカーは逃げだしたのよ。目的地はおそらく両マゼラン星雲間の物質の橋でしょう。ティグ・イアンが追っている対象はかれであって、われわれではないわ。ひどいいい方に聞こえるかもしれないけど、ふたりで大喧嘩すればいいと思う。これ以上ストーカーをのさばらせておくわけにはいかない。ギャラクティカムとティグ・イアンとの同盟が振り出しにもどり、締結不可能になってしまうから」

ジュリアン・ティフラーとニア・セレグリスは小声でなにか話し合っていたが、やがて細胞活性装置保持者が訊いた。

「ティグ・イアンは、ストーカーを引きわたす見返りとしてなにを確約したんです？」

アダムスは顔をそらしたが、やがて白状した。

「われわれ、まずは相手をすこし探ってみたいと考えている。かれがこちらのことを気にいってくれるなら、それで充分なのだ」

ティフラーは首を振り、あからさまな嘲笑の目でアダムスを見た。

「いまにどうなるかわかりますよ、ホーマー。だが、こちらを巻きこまないでいただきたい。これはあなたがたの問題であって、われわれは関係ありません」

「あなたはそもそもどちらの味方なんです、ジュリアン・ティフラー？」女首席テラナーがたずねた。

「いまのところ、どちらでもない。ニアも同じだ。われわれはまず今回のショックを克服しなければならん。ただし、ひとつはっきりしていることがある。もしティグ・イアンとストーカーが戦うことになったら、ニアとわたしはストーカーの側につくだろう。誤解を招かぬようにいっておくが、そのほうがまだ小難だと思うからだ。宇宙ハンザの船を一隻用意してもらえるか？　ストーカーを追いかけたいのだ。かれの目的地はわかっている」

シーラは驚いた顔をしたが、アダムスがこの要求を受け入れた。

「では、ティグ・イアンに気にいられる日を楽しみに待つといい！」

この不吉な言葉をのこし、ティフラーとそのパートナーはギャラクティカムをあとにした。

＊

オリヴァー・グルーターの話

ソトから聞いた予備知識があれば、シガ星人ジジ・フッゼルを探しだすのは容易だと思えた。もううんざりだと彼女が考えたのはまちがいない。あれこれ大変なことがあったのだから。行方をくらましたのも、これ以上ギャラクティカムの担当者から尋問されたくなかったせいだろう。

ソトの話では、シオム・ソム銀河のプシオン・ネットに障害が起き、それでジジ・フッゼルの恋人は落命したのだという。そのテラナーの名前と出身地も、いまではティグ・イアンの部下となったほかのヴィーロ宙航士たちから聞いていた。

名前はライナー・ディク、生まれはわたし自身もよく知るスカンジナヴィア地方。その海岸都市ベルゲンにちなんで、ギャラクティカムの新会議場があるコズミック・バザールは名づけられたのだ。

ヴァン・フリートから転送機で都市中心部に送られたわたしは、ウパニシャド学校の者だと知られないよう、目立たない服装をしていた。これで、さしたるトラブルなくデイクの親族を探しだせるだろう。デイクという姓はベルゲン市内に三人いたが、調べていくと、そのうちふたりは除外できるとわかった。どちらも身寄りがなかったので。

お目当てのライナー・デイクの親族は郊外の山岳地方、セレマッドに住んでいる。

その日のうちにレンタル・グライダーで出発した。思ったより早く任務を遂行できそうだ。すぐにヴァン・フリートのもとへ成果を持って帰れるかもしれない。

わたしは熟考のすえ、きっとジジ・フッゼルがここにあらわれると踏んでいた。ライナー・デイクの死を親族に伝えたいと思うはずだから。それが自分の義務だと考えるにちがいない。

デイク家の経営する山小屋は万年雪の下方限界線よりも上にあった。典型的なウィンタースポーツ向け行楽地だ。スキーコースの近くに橇（そり）やスケート用のリンクがあり、そのすこし奥に観光客がけっこういるのが見える。

まず山小屋の宿泊予約をとってから、宿のバアに向かった。カウンターの向こうにいる若い女はライナー・デイクの妹だと判明する。シガ星人はまだここにはきていないようだ。妹にジジ・フッゼルのことをたずねると、けげんなようすだったから。

「ジジは古い知り合いでね」と、わたしは気安く話しかけた。「もし姿を見たら、知らせてくれよ」

「そうします。シガ星人の女性なんて、ここではずいぶん見かけませんけど」

その夜は自分の推測がまちがっていたかと思ったが、翌朝、疑念は吹っ飛んだ。谷のほうから一グライダーがあらわれ、新しい客がやってきたのだ。

わたしは新来者をひそかに観察しながら自問した。シガ星人はどこにかくれているのか？ どういう行動に出るだろうか？

ジジ・フッゼルはちいさな自分だけの乗り物を持っているとわかった。目撃したのだ……グライダーから下腕ほどの大きさの物体が滑りでてくるのを。

わたしはフロント近くの席に陣取り、話を盗み聞きした。奥のドアから年かさの男が出てきた。宿のオーナーと話したいと告げる。

「わたし、ジジ・フッゼルといいます」ちいさな女はいった。「息子さんのライナーのことで報告にきました。ふたりだけでお話しできませんか？」

「ライナーのことで？」老人の目がまるくなる。「外に出よう。ここよりゆっくり話ができるから」

これは計画実行にうってつけのなりゆきだ。わたしはこっそりふたりのあとをつけた。老人が傾斜地をのぼっていき、ちいさな乗り物に乗ったジジがそれを追っている。ふたりの会話はここまで聞こえてこないが、それはどうでもよかった。

〝執行者〟としては、なるべく目撃者がいない場所が必要だから。ふたりがしゃべりながら進むうち、あたりは深い森になっていた。山小屋からは見えないだろう。

「……悪いニュースなんです」シガ星人の増幅された声が聞こえた。「ライナーはもう生きていません」

老人はショックで硬直した。心臓のあたりをつかんでよろめきはじめたと思うと、雪の上にどさりと倒れる。

「こんなはずでは」女は興奮して叫んだ。「待ってて！　おちついてください、助けを呼んできます」

ジジはちいさな乗り物を方向転換させ、まっすぐわたしのほうに向かってきた。願ってもない展開だ。茂みのなかにいれば、彼女に見つかることはない。

わたしは銃を抜き、狙いを定めた。

＊

コマンザタラの話

夢が現実になった。

男があらわれた。近づいてくるのがわかる。かれはジジを待っている。

思ったとおりの場所で。その場所をわたしはすでに夢のなかで見ていた。タフンにいたときに。そこでわたしは回復したのだ。

殺すことは許されない。それはわかっている。種族の掟はもうほとんど忘れてしまったけれど、これだけはちゃんとおぼえている。

殺させることも、やはり冒瀆だ。だけど、ほかに選択肢はない。

男は彼女を追っている。もうひとりの老人は病気だけど、彼女はそれを知らない。でも、わたしは知っている。老人が死ぬことはない。なのに、ジジは死んでしまう。

執行者が銃をかまえ、発射ボタンに指を当てる。そんなことをさせてはならない。わたしは思考を集中させる。すべての意志をその銃に向けて解きはなつ。

銃が暴発し、男は吹き飛ばされる。

殺してしまった！

わたしは報いを受けることになる。長くつづく報いを。

そのあと、ちいさなジジに再会できる日がくるだろうか？

答えは出ない。

あとがきにかえて

星谷　馨

この文章を書いているいまは二〇二一年七月二十五日である。

賛否両論あった東京オリンピックは、緊急事態宣言下の首都で異例の幕開けとなった。ほとんどの会場は無観客。人々の歓声が聞こえない〝平和の祭典〟はこうも魂の抜けたイベントになってしまうのか。アスリートたちに罪はないけれど、四年に一度たしかに味わえていたあのワクワク感は、わたしにかぎっていえば皆無だ。本当にぶじに閉会式を迎えられるのかしらん。

それはそうとして、悩ましいのはワクチン接種である。わたしの住む自治体でも接種券が送られてきた。だけど、どうしたものかまだ迷っている。副反応が怖いのではない。ワクチンの作用をふくめて、この新型コロナウイルスという〝敵〟の、あまりのわからなさが不安でしかたないのだ。この本が出る九月には打つ決心がついているだろうか。

訳者略歴　東京外国語大学外国語学部ドイツ語学科卒，文筆家　訳書『ウパニシャドの修行』エーヴェルス＆フランシス（共訳），『疫病惑星の女神』フランシス＆マール（以上早川書房刊）他多数

HM=Hayakawa Mystery
SF=Science Fiction
JA=Japanese Author
NV=Novel
NF=Nonfiction
FT=Fantasy

宇宙英雄ローダン・シリーズ〈648〉

新生ソト任命

〈SF2337〉

二〇二一年九月　十日　印刷
二〇二一年九月十五日　発行

（定価はカバーに表示してあります）

著者　クルト・マール　ペーター・グリーゼ
訳者　星谷馨
発行者　早川浩
発行所　株式会社早川書房
郵便番号　一〇一 - 〇〇四六
東京都千代田区神田多町二ノ二
電話　〇三 - 三二五二 - 三一一一
振替　〇〇一六〇 - 三 - 四七七九九
https://www.hayakawa-online.co.jp

乱丁・落丁本は小社制作部宛お送り下さい。
送料小社負担にてお取りかえいたします。

印刷・信毎書籍印刷株式会社　製本・株式会社川島製本所
Printed and bound in Japan
ISBN978-4-15-012337-6 C0197